タナバンの陸橋

a Viaduct at Tanah Abang

崎濱 秀光

文芸社

タナバンの陸橋

†

目次

タナバンの陸橋

インドネシア入国

一九九二年の七夕の日、私は東京発ジャカルタ行、ガルーダ・インドネシア航空873便の機上にいた。

海外での業務に赴くのは初めてのことである。東京本社で辞令を言い渡され、海外業務担当の上司から受けた指示は、すべて現地での指示に従いなさい、という実に簡単なものだった。

その日の私は成田を発った直後から、すぐに深い眠りに陥っていた。連日の送別会の疲れがだいぶ溜まっていたのだと思う。でも、その疲労感は決して悪いものではなかった。

夢うつつではあるけれども、薄ぼんやりとした意識は早くもインドネシアの地に降り立っていて、熱帯の楽園で悠々自適に暮らしはじめた自分の姿を、私はそこに鮮やかに認めていたのである。

その時の私は、もしかすると微笑みながら眠っていたかもしれない。

「エクスキューズ・ミー、エクスキューズ・ミー……」

その声は、どこか遠い世界の無機質な響きのように聞こえていた。

「エクスキューズ・ミー、エクスキューズ・ミー……」

実体感の乏しい柔らかな指先で、さかんに揺すられているような感覚がないでもなかった。

「エクスキューズ・ミー、エクスキューズ・ミー……」

その声を確かなものとしてとらえるのに、いくらかの時間がかかった。

ようやく見開いた視線の先にいるのは、年若い浅黒の女性乗務員であった。彼女は、私が目を覚ましたのを確認するや、耳慣れない言葉で何かを囁《ささや》き、手のひらを軽く押し出すような仕種を見せた。座席を元の位置まで戻してください、ということらしい。彼女の様子は、ご多分にもれず事務的で、そっけなく、うらめしくもあった。

「夢の中で浮いているみたいで、とても気持ち良かったのに……」

左右を確認しながらゆっくりと歩調を前へ進める彼女の背中に、非難がましく訴えたい気分だった。

「シートの背を元の位置まで戻しシートベルトをしてください、シートの背を元に戻しシートベルトをしてください……」

機内で繰り返されるお決まりのアナウンスも、いつになく腹立たしく感じられる。着陸態勢に入るのも、もう間もなくだということであろうかと思い、閉じていた小窓の扉をゆっくりと押し上げてみたが、寝ぼけ眼の向こうに見えているのは、いまだぶ厚い雲ばかりであった。

「なーんだ、まだまだじゃないか」

腕時計の針を無意識に確かめてみたが、頭がぼんやりとしていて、到着までの残り時間が、どうにもうまく暗算できなかった。セカンドバッグの中からガイドブックを取り出して見る。すでに何度も確認したはずの日本時間と現地時間との時差をあらためて確認し、時計の針を二時間巻き戻す。社封筒の中からフライト・スケジュールが記された旅程表を抜き出し、ジャカルタ―スカルノ・ハッタ空港への到着時刻をあらためて確認してみた。

到着までには、まだ三十分近くもかかりそうだと知った。それでも、飛行機の高度は徐々に落ちはじめているようではあった。期待感からか、それとも緊張感からなのか、今ひとつ判別しがたい昂《たか》まりが、だんだんと増してくるような感覚があった。ぼんやりとした意識のままで窓の外を何気なく眺め続けていると、やがて途切れ途切れの雲の隙間から、汚泥にまみれた湿地帯、という趣の海岸線が見えてきた。海の色は陸地に近づくにしたがい、深みのある青色から、淀んだ灰色に変化していた。背筋を正して目を凝らしてみると、海岸べりには、白い砂浜が広がっているわけでもなく、ヤシの葉が熱帯の涼風に揺れているわけでもない。太陽ぎらぎらの熱帯の楽園――この国に対して私が思い描いていた印象はどこにも探せなかった。

私は血の気の引く思いで、あの日のことを思い出してしまった。

まだ大学生だったあの頃、ロサンゼルスからホノルル経由で日本へ帰るつもりが間違ってアンカレッジ経由の便に乗り込んでしまったことがあるのだ。語学力が未熟なせいもあったに違いない。初めての海外旅行で旅慣れていないせいもあったのだと思う。だとしても、なぜにそのようなことが搭乗の際に指摘されることもなく実際に起こってしまったのか、と今となっては不思議でもあるが、あの間違いは確かに起こったのである。

もしかして、またもや同様な失態をかましてしまったのだろうか、と一瞬血の気の引く思いがしたが、そうではなかった。

粘土色に淀んだ湿地帯。

これが、空から見下ろすジャワ島西海岸の実際の姿だったのである。

入国手続きの長い列に並んで遅々とした前進に身を委ねていると、「MR. SAKIHAMA」と仰々しい表示札を掲げた悪党顔の男が、入国カウンターの脇で、淀んだ視線を泳がせながら棒杭のように立っているのに気づいた。私のような姓名を持つ者がそう多くいるわけもない。自分のことだろうとすぐに察しがついた。長蛇の列から抜けて男に近づくと、男は物を言うわけでもなく、表情もなんら崩さず、無愛想に顎《あご》で方向を示し、ついて来い、といった素振りを見せた。入国カウンターの外には、私より一ヵ月先に赴任していた、五年先輩のMさんの姿があった。男は私からパスポートを受け取ると、入国窓口の係りに親しげに声をかけた。係りの男は、右端の通路をぶっきらぼうな態度で指差して、そこの通路を抜けて出ろ、といったふうに私をうながした。入国手続きの長い列に立ち並ぶ群衆のうらめしげな視線に気後れしながらも、連中の特別扱いを受け入れ、悠々と歩を進めた。不当な手段でごひいきにあずかるようで、浅ましくも感じたが、そこにはある種の心地良さがあったのも確かである。Mさんは、私の姿を認めると、すぐに歩み寄って来た。

「何ですか、あの男は?」

私は挨拶をするのも忘れ、即座に訊いてみた。

「会社が手配してくれた人間なのさ」

「パスポートにスタンプも押してもらってませんけど……」

「あいつがやってくれるよ、何もかも全部ね――」

Mさんは意味不明な微笑み方をした。

「本社からずいぶん品物を預かって来たんだろ？」とMさんは私に尋ねた。

成田空港搭乗手続きカウンターでのひと悶着をふいに思い出す。

「大変でしたよ、成田の空港で……。重量オーバーだと言われて、八万七〇〇〇円も請求されまして……。さんざん交渉して嘘までついて、やっとのことで五〇〇〇円にまけてもらいましたけどね」

Mさんは力なく笑った。ずいぶん顔色が悪く、疲れているように見える。

「体調でも悪いんですか？」と訊いてみる。

「ここへ来てからずっと下痢だよ、そのうち慣れるだろうけど……。おまえも油断しないことだな。特に、水には気をつけることだね。最初の頃は歯磨きするにもミネラルウォーターを使用するやつらがいるくらいだからね――」とMさんは、さも忌々《いまいま》しそうに答えた。

例の男は私が日本から携えてきた手荷物の内訳書を受け取ると、税関申告の窓口へ向かって歩いて行った。

「あの男を通せば、どんな荷物でも格安で持ち込めるのさ……」

Mさんは出口の方へ私をうながした。すべてを男にまかせ、Mさんと連れ立って空港ロビーへ出た。やけに親しげな男が近づいて来て握手を求めてきた。

「運転手のカティミン。もう十年近くもうちの会社で働いているらしい」Mさんは言った。

日本人専属のベテラン運転手だという。

例のいぶかしげな男も助手席に乗り込み、ジャカルタ市内へ向かう。まだ現地時刻午後の四時を過ぎたばかりで、就業時間を越えているわけでもない。今日中に着任報告をすませておいた方がいいだろう、というMさんの判断で事務所へ寄ることになった。

車がスディルマン通りへ入ると俄《にわか》に巨大なビル群が目に飛び込んできた。建設中の高層ビルも多く、幾多ものタワークレーンが、そこかしこでそびえ立っている。胸のうちで思い描いていたこの土地に対するイメージと実際との間には、空から眺めたときと同様に、陸から眺めてみても、相当な隔たりがあった。しかも北へ向かって現在進行中の道路は、私がこれまでにあらゆる場所で目にした中でも最大クラスの道路幅である。ためしに端から端へ数えてみると、なんと往復十車線もある。

「びっくりですね、想像していたより、ずっと開けた都会ですね……」

思わず独り言のようにつぶやいていた。

Mさんは無言で窓の外を眺めながら相槌《あいづち》を打っていた。

現地営業所の事務所は五〇〇メートル程度の距離を隔てて二ヵ所に分かれていた。いったいどういう理由があってこんな面倒なことになってしまったのかと不思議に思ったが、いちいち問うてみるのは遠慮した。当面の間、私が通うことになるとの説明を受けたタムリン通り沿いのプレジデント・ホテルの裏側にあるその仕事場は、民家風の家屋を賃借した、ずいぶん裏ぶれた印象の事務所であった。床のタイルは黒ずみ、窓ガラスは外の様子が確認できないほどに曇っている。効きの悪いウィンド型クーラーは絶えず耳障りなうなり声をあげ、手垢でべっとり汚れた壁のいたるところでは壊れたコンセントが剥がれ落ちそうに垂れ下がっている。どの机の上にも資料や図面やらが雑然と堆《うずたか》く積まれ、そこかしこの整理棚の中では背表紙がせり曲がったファイルの類が今にも一斉にこぼれ出てしまいそうな危うさでおさまっている。部屋の中に充満している鼻につく異様な臭い、窮屈な空間の中で緊張感のかけらもなく存在する従業員、あまりにも狭小過ぎる一人当たりの占有面積、使い勝手など何らお構いなく無造作に並べられた落ち着きのない机の配置。まともな仕事ができる環境だとはあまり思えなかった。

営業所の主たる面々に挨拶を済ませ、与えられた自分の机の前に腰を下ろし、日本から持参した書類や筆記用具の類を抽斗《ひきだし》の中におさめる。

私の隣の机に陣取っているのは工務課長のジョニー。日本語を勉強中とやらで、エバーグリーンと書かれた日本語会話の参考書らしき本を覗き見ながら、早速つい今しがたやって来たばかりの私に、さかんに話しかけてくる。社内の別の連中とはずいぶん異なった風貌をしているやつだと不思議に思っていると、自分はスマトラ島北部メダン出身のバタック族なのだ、と彼は満面の笑みをたたえ自慢そうに自己紹介をした。この男は咥《くわ》え煙草がすっかり癖になっているようであった。喫《す》い終えた煙草を灰皿でもみ消したと思ったら、またすぐに新たな煙草を胸ポケットから取り出しては火をつける。グダン・ガラムの丁子《ちょうじ》の燃え立つ香りは、南国の美しい海を連想させるので、どちらかといえばお気に入りの香りであるが、こんな調子でパクパク喫われると、たまったものじゃないなあ、と明日からの煙対策が思いやられた。

「今日の仕事は定時で切り上げよう」

社内の先輩らが早速歓迎会を催してくれるという。どんな店に連れて行ってもらえるのだろうか、どんな珍しいものが口にできるんだろうか、などと私は期待感に胸を躍らせた。インドネシア伝統料理の珍しくてうまい店、と私は勝手に決めつけていたのだった。だがしかし、その晩出向いた店は、純和風の日本料理の店だった。広い店内にひしめく客は見渡すかぎり日本人ばかりで、日本のどこかの地方都市あたりの居酒屋と何ら変わりもないあの雰囲気である。インドネシアの地で最初に口にするものが、脂ののったマグロの刺し身だとはまったくの予想外で残念でもあったが、二次会のナイトクラブは愉快だった。昨晩の深酒も忘れ去り、睡眠不足による疲労も消し飛んで、流行遅れのカラオケを何曲も歌いまくる。私の傍らには、肌はずいぶん黒いが純な笑顔をたたえた年若いインドネシア娘が腰かけている。客に対する応対がまったく要領を得ず、はなはだ初心なのが実に新鮮である。大学生のコンパの席でもあるまいし、こんなにはしゃいでいいものだろうか、と抑制を意識しながらも、ちんちくりんなダンスに興じ、グラスの酒を何杯も飲み干し、閉店間際まで騒ぎまくっていた。

ジャカルタ南部のクバヨラン・バルー地区にある宿舎へ帰ったのは夜も午前一時を過ぎていた。ベルの音で叩き起こされたメイドは、Mさんに続いて部屋内に上がり込んで来た新入りの私の姿を認めると、いくぶん緊張の入り混じった面持ちで私の方を躊躇《とまど》いがちに見た。

この娘がメイドのワティ、とMさんは私に眠たそうな顔を向けてつぶやいた。

やけにぶ厚い下唇が特徴的な顔立ちである。いかにも農村の娘といった感じで、小柄ではあるが、腰から下にどっしりとした重量感がある。土色にくすんだ足の指は、指と指との間が熊手のように大きく開き切っている。恐らく幼い頃から裸足で土に親しんで育ったせいであろうと想像した。

メイドはこの娘の他にももう一人いて、今晩は休みだが普段は夜警もいるんだ、とMさんは追加補足の説明を加えた。

シャワーで汗を流すのも、持参した荷物の整理をするのも、明日へとあと回しにしようと決めた。部屋の中へ入ると、たちまち恐ろしい疲労感に襲われたからだ。衣服をすぐさま脱ぎ捨て、ベッドの上に仰向く。だけれども、なかなかうまくは寝つけなかった。

通りに面した部屋の窓からは、レースのカーテン越しに、ほの暗い街灯の明かりが差し込んでいる。ウィンド型クーラーの音が部屋中に鳴り響いている。すすけた天井の表面では白ペンキの塗装膜がところどころで剥がれかかっている。数匹の蚊が耳の側で飛び回ってはときおり耳障りな羽音を立てたりする。

朝からの出来事の一つ一つを詳細に思い起こしながら、寝たかと思うと目が覚め、まどろんだかと思うと起きている。

やがて部屋の内部に柔らかな曙光《しょこう》が差してきた。庭を掃くほうきの音が聞こえてくる。ベッドからからだを起こし窓辺に歩み寄って覗いてみると、メイドのワティの姿がそこにあった。彼女の日課は朝早く、庭を外ぼうきで掃くことからはじまるようである。

私はもう一度ベッドへ戻り、からだを横たえ、瞼《まぶた》を閉じる。うとうとするのがせいぜいで、すぐに時間はやってきた。けたたましく鳴り出した目覚まし時計の音によって、インドネシア入国の記念の日は闇に葬《ほうむ》られ、何か得体の知れない不安な世界へ引きずり出されたような気になり出した。

私は、再度ベッドから跳ね起き、インドネシアの二日目をはじめるために、共同の洗面所へと足許をふらつかせながら向かったのだった。

メイドの存在する生活というのはなんて快適なんだろう、というのがインドネシア生活における最初の感想であった。東京で独り暮らしをしていた頃のように、真っ暗闇の部屋に戻る、あのわびしさを味わうこともなければ、細々《こまごま》とした日常の雑役に自由な時間を奪われてしまうこともない。

さらに、この国ならではの恩恵は、私生活においてよりも仕事上において、より顕著に享受できるように思える。お抱え運転手の存在は通勤途上で無用に疲弊することの回避を可能にするし、専属の手元は種々雑多な雑務や簡単な事務処理の大いなる手助けとなる。この国での成功の秘訣は膨大なる安価な労働力をいかに有効活用できるかが決め手であろうことは実感を伴ったものとして早くから容易に理解できた。年中無休二十四時間拘束の使用人に支払っている賃金など日本円換算にして月額五千円にも満たないし、現地従業員の給与ベースなど日本人ベースの二〇分の一がいいところである。

滞在も二ヵ月あまりが経過した。

言葉の問題もあり、いきなりの単独業務は困難だろうとの上司の計らいで、しばらくNさん担当の工事現場で応援業務に就く運びとなった。

ある日、現場責任者のブディの申し出を受けて、資材調達のため、やむなく市場へ出向かせた通勤用のセダンが、夜も九時を過ぎてから、ようやく現場事務所の駐車場へ戻って来た。遅れた理由を問いただすと、帰り道の途上で運転手が事故を起こしてしまい、その事故処理に手間取っていたからだと言う。きっと無駄な寄り道でもしているに違いないと苛立ちながら待っていたNさんは、彼が戻ってきたら強く叱りとばしてやろうと決めていたが、事故なら仕方がないかと気持ちを静めざるを得なかった。

だがやはり、車の様子を目にした瞬間のNさんは、関西人特有のその口調でこらえきれずに怒鳴り声をあげてしまった。

「だから、いつも飛ばし過ぎだって言ってるやろが!」

前面左側のバンパーとヘッドライトが、人をはねただけとは思えないくらいに潰れているのだった。

Nさんの怒鳴り声がよほど気に触ったようで、運転手のタタンはあからさまに表情を曇らせてしまった。血色の悪い唇の端がつり上がり、ふてぶてしい薄ら笑いは無気味でさえあった。その表情に反省の色はまったく見出せず、憎悪の色濃いその視線は行き場が見つからずに、一触即発の緊張をたたえて泳いでいた。

「いいじゃないですか、Nさん。明朝、会社に連絡して処置してもらえば……代わりの運転手なら、他にいくらでもいるはずですから——」

私はNさんをうながして車の後部座席に乗り込んだ。

Nさんのうさばらしに付き合って日本料理店へ出向き、遅い食事を取った。宿舎へ戻った頃には、すでに夜も十二時近くになっていた。予定外に帰りが遅くなってしまい、そのまま素直に寝てしまおうかとも考えたが、やはり週末の夜を宿舎で過ごす気分にはなれなかった。

メイドの存在を憎らしく思うことがあるとすれば、時間が長く感じられる週末の夜と予定の入っていない日曜日。やるべき雑事が何一つ残っておらず、時間があまりあまって仕方がない。読むべき本も、見るべき映像も、語り明かす友もない。何一つやるべきことが見つからないまま宿舎の中で過ごそうものなら、退屈の度が過ぎて、部屋の細部がいろいろと気になり出す。天井のまだらな黄色いシミ、ひび割れた鱗《うろこ》状の塗装ムラ、照度の足りない照明器具、壁の微妙な曲がり具合。普通なら考えもしないあれこれが、いちいち目について煩わしい気分になったりする。

そんな一種の煩悩状態のような退屈な気分を紛らすために覚えたことが、コタ地区での夜遊びだった。とりわけ土曜日の夜は、夜を徹して遊びほうけるのが、すっかり習慣化していた。

ジャカルタ北部のコタ地区は、中国系インドネシア人の多い、活気のある歓楽街である。土曜日の夜ともなると、若者や物売りや乞食らが普段にも増して往来にあふれ出し、実に興味深い雰囲気を匂い立たせている。

いつものようにガジャ・マダ通りとマンガ・ブサル通りの交差点でタクシーを降りた。普段ならガジャ・マダ通りの屋台で、キング・コブラの串焼き、もしくは蟹のチリソース炒めを食することからはじめるのだが、食事は済ませたばかりで空腹のわけもなく、寄り道をせず予定の店を目指した。予定の店といっても、ごひいきの店があるというわけではない。前週に出掛けたその隣の店が、その日の予定の店、そんな単純な決め方をしていた。

マンガ・ブサル通り沿いのすべての店を征服してやろう。

そんな他愛もない興味本位の思いつきでも、それを実行に移し、一軒一軒ガリガリかじるように訪ね歩くのはある種の達成感を伴うものだった。界隈には少なくとも七〇件ばかりの店があると思えたので、目標完結には最短でも一年くらいはかかりそうだ、とぼんやりとした目算を立てていた。

額から汗をだらだら滴らしながらフライパンを振り動かす痩せぎすの調理人、客商売に精出す大人の横で追い掛けっこに興じる幼い兄弟、客の放り投げた食いかけの鶏肉に夢中で飛びつく痩せた野良猫、道端にたたずんで無駄話に高笑いを混じらせる今風の青年、往来を行き交う人波に目を凝らし客の物色に余念がないポン引きおじさん。何ひとつ普段と変わりもない、見慣れた夜の光景だった。

やにわに靴磨きの少年が立ち現れ、しつこくつきまとって来た。

「千ルピア、千ルピア、千ルピア……」

少年がさかんに指差す私の靴は街灯の光を反射して、薄汚い夜道に似合わず、ぴかぴかに輝いている。メイドのワティが毎朝忘れずに磨いてくれるからだ。

私はジーンズの後ろポケットから財布を取り出し、中から五〇〇ルピア紙幣を一枚抜き取り、それを脂ぎった小さな手に握らせた。少年を追い払うためだった。

近くの道端にしゃがみこんでいた男が咄嗟《とっさ》に立ち上がり、私に向かって突飛《とっぴ》な声を上げた。

「ヘイ！　ジャパニ？　コリアン？」

シャツの胸ボタンを鳩尾《みぞおち》の下あたりまではだけ、首には安っぽい金色のネックレスをかけている。油断のならないゴロツキといった感じである。

返事の言葉を返さず、私はその男の前を通り過ぎた。

何ら特徴のないネオンの連続、いちいち店の名前を書き留めているわけでもない。いったいどの店だったろうか、と思い出しあぐね、通り沿いの一つ一つのネオンに目を凝らしながら歩いた。手はじめに前回出向いた店を見つけ出そうと試みたが、なかなかうまくいかなかった。店の印象があまりにも不確かで、おぼろげで、どの店を覗いてみても、ここじゃなかったな、という気がして、ついにはまったく見当違いな場所まで行き過ぎてしまうのである。往来を何度か行ったり来たりしているうちに、さっき私に声を掛けた例の男が近寄って来て、親しげな口調で訊いた。

「いったい、どこの店を捜しているんだい！」

温和な笑みをたたえ、最初の印象とはずいぶん違って見えた。人の助けを借りたくなって、そう見えたのかもしれない。

「……忘れちまった！　どうも忘れてしまったみたいだ――」

「忘れた、忘れたんだって？」

男はあきれたように叫んだ。

今のこの状況をいったいどんなふうに説明すれば良いのか、拙《つたな》い私のインドネシア語では説明のしようもなく、無意識のうちに肩をすくめ溜め息をついた。

「綺麗どころの姉ちゃんを探しているんだろ?」

男はやけに親しげに微笑んだ。

小指を立てる仕種は、インドネシアでも同じのようであった。

この男も、いわゆるポン引き連中の一人なんだろうか? と想像をめぐらしてみたが、やはりそういうふうには見えなかった。その手の連中にしては、ずいぶん歳若く、身なりも粗末で、ポン引き特有のあの卑屈な顔つきをしているわけでもなかった。

「いや……」

「なんなら、俺が案内してやろうじゃないか、よそ者には到底知り得ない最高の店にね——」

男はそんなふうなことを、いかにも自信ありげに切り出した。

男は私の返答も待たず、通りの向こうの相棒らしき男を呼びつけ、そそくさと歩きはじめた。どうしたものか、といくらか逡《しゅん》巡《じゅん》したが、男の誘いにのってみることにした。

同僚の誰もが知らない穴場の店を発見できるかもしれない。ひょっとすると飛びきりの夜が過ごせるかもわからない。何やら怪しげな連中ではあるが、悪いやつらだとは限らない。思い誤ったところで大金を持ち歩いているわけでもないし、無用な心配性は馬鹿ばかしいことではないか。私は湧き起こった好奇心を満たすべく、何もかもいいふうに解釈するよう努めていた。

そして、はやる気持ちを抑えきれず、連中のあとを追って北行きのベモに嬉々として乗り込んでいた。

だがしかし、男らに案内されたその店は、まったく期待はずれの店だったと言わざるを得ない。薄暗い店内には客の数よりも従業員の数が勝っている。けばけばしい真っ赤なソファは何やら湿っぽく、素材の判別しがたい床材の表面からは不快な異臭が漂っている。

しかも前面の巨大なスクリーンに映し出されているのは、今ひとつ好きになれないダンドットの騒々しいカラオケバージョンだった。

私が注文したのは生ビールの大ジョッキだったが、男らのテーブルに出されたのはコカ・コーラのボトルだった。美女の揃った店だという話だったが、私の隣に腰掛けたのはまったくつまらない頬骨の突き出たジャワ娘だった。どこの出身なの？　と彼女が訊くので、口から出まかせで韓国だと嘘をついた。彼女の過去に何があったのかは想像もつかないが、彼女は途端に機嫌が悪くなって口をつぐんでしまった。溜め息まじりに周辺を見渡してみる。客のほとんどが腹の突き出た貧相なプリブミばかりである。この辺りの店では珍しく、中国系らしき連中の姿もどこにも見当たらなかった。

韓国は立派な国だ、サムソン、ヒュンダイ、ゴールドスター、そしてキムチ……私のことを韓国人だと思い込んでしまった見知らぬ二人の男は、そんな固有名詞ばかりをさかんに繰り返していた。

一度だけ席を離れ、トイレに立ったのを憶えている。大ジョッキ二杯の生ビールを飲み干し、三杯目に口をつけたのまでは憶えている。

見知らぬ男が私のからだをさかんに揺り動かしているのに気づいた。現実とも夢ともつかぬ朦朧《もうろう》とした意識の中で目が醒《さ》めた。自分の身に何が起こったのか、しばらく理解できなかった。見覚えのない無機質な風景が目の前に広がっていた。視界に入る表戸はどこもしっかりと固く閉ざされている。路上から見上げる空はだいぶ白みがかっている。石ごつごつの路地裏で死んだように寝入っていたのだ、と正気づくのにずいぶんな時間がかかった。

路上に手をつき、ゆっくりと身を起こしてみたが、すぐには立ち上がることができなかった。手足が痺れ切って力が入らないのだった。見知らぬ男は私の様子を心配げにしばし凝視していたが、私が無事であるのを認めると、無言で立ち去っていった。

セイコーの腕時計が、ダンヒルの革靴が、そしてオフショアの財布が消えていた。べちょべちょに濡れ汚れた靴下を脱ぎ捨て、裸足になって立ち上がった。表通りを捜して歩を進める。早朝の往来は人通りも少なく、森閑《しんかん》と静まり返っていた。夜の騒々しさがまるで嘘のようで、清々《すがすが》しくも感じられた。

ガチャマダ通りへ出ると、タクシーはすぐにつかまった。宿舎へたどり着き、タクシーを宿舎の前で待たせ、ドアのベルを押した。メイドのワティはすぐに出て来た。

「ミスター、何があったの？　どうしたの？」

返事をせず、中庭の水場で足を洗ってから、自分の部屋に向かった。机の抽斗から一万ルピアの紙幣を一枚取り出し、運転手の待つ通りへ戻った。ワティは私の様子を扉の陰に隠れて盗み見していた。冷蔵庫の中からビンタン・ビールのアルミ缶を一本取り出し、一気に飲み干した。二階の部屋に上がると、湿り切った服を脱ぎ捨て、水の勢いを最高にしてシャワーを浴びた。もやもやとした気分もいくらか和らいだような気がした。

机に向かってデスクライトに明かりを灯し、昨晩の出来事の一部始終を日記帳に書き記した。すべてを紙面の上にぶつけてしまうと、もう何もなかった。

ベッドに潜り込み、薄い毛布を顎の近くまで引っ張り上げた。唇の先で毛布の端を噛んだ。目を閉じる前に、日記帳の最後の二行に書き綴った文句を、もう一度だけ胸内でつぶやいていた。

タタンが引き起こした事故の後処理はすべて会社の総務課の方で進めているとは聞いていたが、その後被害者がどうなったのか気になり、ある日私はタタンに訊いてみた。

「ところで、おまえさんが以前轢《ひ》いてしまった被害者は、その後どうなってしまったんだい？　ちゃんと完治して今では元気になったのかい？」

タタンはふと思い出したように事もなげに答えた。

「ああ、あいつか……あいつはもう死んじまったのさ」

詳しく聞いてみると、被害者の四十代半ばの男は事故から一週間後に亡くなってしまったのだという。見舞金として会社から遺族に支払われた金額は、二百万ルピア。日本円換算にして、約五万円程度である。遺族らは充分に満足してお礼まで申し述べてお金を受け取ったという。事故に遭った車が日系企業の社用車だったというせいで予想以上に高額の収入が手にできたと喜んでさえいたという。

その後の週末もマンガ・ブサル通りへはしばらく通い続けたが、結局当初の目標を達成することはかなわなかった。

何事にも、飽きは訪れてしまうものらしい。

タナバンの陸橋

ジャカルタ市の総人口は、実際のところいったいどれくらいなんだろうか。

滞在がもうすぐ半年を過ぎようとした頃、私はそういった疑問にぶちあたった。

「ジャカルタの人口だって、そんなもの図書館にでも立ち寄って最新の統計書でも覗けば、すぐにわかるじゃないか！」

おそらく多くの人は嘲笑をもってそう言いたくなるかもわからない。

しかし、この国の政府機関から公表される数字を、はたして実状に即したものとして取扱っていいものだろうか。過去には国勢調査が実施された事実もあるにはあるようであるが、調査方法が今ひとつ明白でないし、その信憑性もまた、はなはだ怪しいものと言わざるを得ない。事実、この国の中央統計局から公表される数字というのは、あくまでも区役所に登録をしている住民の数を、ただ単純に足し算しているだけに過ぎないという記述も目にしたりするのだから。

一九九八年度版中央統計局の資料によると、ジャカルタ市の総人口は九一一万人となっている。だがしかし、実際のところは、およそ一〇〇〇万人から一一〇〇万人といったところが専門家の一般的な見解のようである。だとすれば、ジャカルタ市内には、住民登録をせずに暮らしている住民が、約一〇〇万人から二〇〇万人もいることになる。彼らの多くは、職を求めて農村から流れ出てきた人たちであり、そのほとんどが親類や友人を訪ねてやって来るのだという。資金力に乏しく大したコネにも恵まれない彼らが、首都のジャカルタに出て来ても、流浪の行商人となったり、建設現場の日雇い労働に従事したり、あるいは零細な商業店舗で働くようになるのがせいぜいで、そこで成功をおさめるのは至難の業であり、貧困のあまり浮浪生活から脱しきれず、ついには悪事に手を染めてしまう者も多くいるという。

何はともあれ、人口一一〇〇万人といえば、東京都にも匹敵する人口である。ジャカルタ市の総面積が東京都の約三分の一であることからすると、その人口密度は相当なものだといえる。

ところが、そういった人口稠密《ちゅうみつ》の地に暮らしているという実感は、私には長い間まるでなかった。というのも、あの山の手線の通勤時の大混雑や、新宿・池袋界隈のすさまじい賑々しさを知っている私は、ジャカルタ市が、あの日本の大都市東京よりも、はるかに人口過密な都市だという事実が、どうしても信じきれずにいたのである。

ふと思い立って、週末のバス旅行をたびたび決行するようになったのも、そういった疑問を常々持ち続けていたからに違いなかった。

ブロックMのバスターミナルは宿舎から歩いて十五分程度の所にあった。

目的地をあらかじめ決めているわけではない。ターミナルに停車しているおびただしい数のローカルバスの中から、気まぐれにその日のバスを選んで乗車するだけである。走行中、面白そうな場所でもあれば途中下車して歩いてみるが、そうでもなければ終点まで行って帰ってくる。暇を持て余したばかばかしい日帰り旅行と言えなくもなかったが、新鮮な発見も多く、私にとっては週末の楽しみの一つだともいえた。

治安上安全な高級住宅街に暮らしながら、平日は整備の行き届いたビジネス街の幹線道路を往復し、週末には日本人御用達の立派なゴルフ場の芝の上で過ごす。そんな一般的な駐在員のライフスタイルに不満を覚えるのは贅沢というものであろうが、そこには異国で暮らす刺激のようなものは微塵《みじん》にもあるはずがなかった。

アンチョールの線路沿いに建ち並ぶ家屋の裏側の異様なたたずまい、幹線道路とドブ川に挟まれたマンガライ区域の濃密な生活臭、ゴミの山と目つきの悪いヤクザ者であふれかえるタンジュンプリオク貧民窟に漂う油断のならない緊張感。

あえて訪ね歩くのでなければ、決して接することのないジャカルタ。

そういった中を身の危険を感じながら歩きまわる時間というのも、時によっては高層ビルの最上階で高級料理を口にしているときよりも、南国の豊かな陽光の下でゴルフクラブを振り回しているときよりも、ずっと魅力的で貴重な時間に思えるときだって確かにあるものである。

ジャカルタ中央部タナバン地区のその一角が、地元の人でもあまり近づきたがらない場所だというのは、あとになってから知った。

天気の良い日であった。

コパジャ社の六〇八番。例によって、ひどいオンボロバスである。車内はぎゅうぎゅう詰めの大混雑であるが、すでに要領を得た私は、最前列の窓際に腰かけている。それでもやはり、相当な不快感には堪《た》えなくてはならなかった。冷房設備などあるわけもなく、人の熱気と外からの排気ガスで、乗車後すぐにからだじゅうが汗べトベトのススだらけになってしまうからだ。

週末の気ままなバス旅行だから我慢がきくものの、通勤手段にこんなヒドイ交通機関を利用するしか術のない連中のことを考えると、やはり気の毒だとしか言いようがない。空調設備が完備され清掃の行き届いた日本の通勤電車。たとえどんなにか悪い条件が重なったとしても、ここジャカルタのローカルバスよりも不快な状況になる例はまずないことであろう。

こういった大混雑状態のローカルバスに乗車する際には、少なくとも一つだけ気をつけておきたい注意事項がある。それは、車内後部の座席にはできるだけ座らないことである。なぜなら、運転手から遠く離れたその周辺は、いわゆるゴロツキふうのガラの悪い連中が好んでたむろする場所だからである。連中にとって無賃乗車がもっとも容易であり、しかも恐喝やスリといった被害に遭いがちな場所もほとんどが後部座席のその周辺である。特に独りでの乗車の場合には、無用な面倒を避ける意味でも、あとになって後悔しないためにも、私はこの一点だけは常に注意を怠らないよう心がけている。

しかし、この国のバスの運転手といったら、なぜに揃いも揃って不機嫌に無愛想な輩《やから》ばかりなんだろうか？ と長い間不思議に思っていたが、その理由もようやく理解できるようになった。それもそうではないだろうか。車内はいつもむせるような空気に支配されている。胸糞悪い排気ガスの不健康分子も絶え間なく車内に攻め込んで来て、攻撃の手を緩めることを知らない。いったいどこの誰が、こんな劣悪な環境下での業務に従事しながら、気分も爽やかに、にこやかな顔をしていられるだろうか。

そんなことに思いをめぐらしているうちに、バスは最終停車地のタナバンに着いた。にもかかわらず、私はそうだと知らずに、停車したバスの座席で、いまだゆうゆうと腰を落ち着けていた。おそらく彼からすると、窓の外の喧騒《けんそう》をボケッとして呑気《のんき》に眺め続けている私の様子が、たいそう腹立たしく見えたのかもしれない。運転手が苛立ったように拳《こぶし》の甲でハンドルを叩くのに私は気づいた。後ろを振り向いてみると、私以外の乗客はみんな、中央部と後部の出入口に列をつくって降車体勢に入っていた。男の下唇は何か言いたそうにぶるぶる震えていたが、言葉を吐き出す元気も彼には残っていないようであった。不健康によどんだ男の瞳は、いかにも疲れたように、しかも不貞腐《ふてくさ》れていて、私にこう訴えているように思えた。

おい、そこのおまえさん！ とっとと降りてくれよな。オレはもう、疲れて気分が悪くて、どうしようもないんだからよ――

タナバン駅から北へ向かう線路沿いの市場は、規模からするとそれほどでもないが、他の市場と比べようもないほどに騒然としている。どこを目指しても前方の群集の塊《かたまり》がなかなか前に進まない。市場の中央部を抜ける狭い道路にまで車や乗合バスの進入を許しているのが原因のようである。進路を塞がれた人の波と車の列が、そこかしこで停滞していて、まったく歩き回るに疲弊する市場である。歩いて三十分とたたぬうちに喉もとの粘膜に何やら不快なものが貼りついていた。うがいでもしなくてはと考え、あたりを見まわしてみる。ところが、あたりにはどこにも適当な場所が見当たらない。この市場の一角には、ジャカルタの市場の周辺にならどこにでもあると思っていたファストフードの店すらも、捜せないのである。冷房の効いたどこかの店。そこのバスルームで、いっときも早く蛇口をひねり、何よりも先にうがいをすませたいという希望を捨てた私は、ついに我慢がならず、道端の物売りからミネラルウォーターのボトルを一本買った。淀んだ空を仰向き、ガラガラと音を立てて、あたりの人ごみもおかまいなしに、私は喉をゆすいだ水をあたりに吐き散らしていた。せいぜい吐いた水が買い物客にかからないようにだけ気を使っている有様である。

いくらか気分が落ち着き、市場で売られている品物に神経を向けてみたが、購買意欲をそそられる物はひとつもありそうになかった。

安っぽい布地の衣服類、大小様々のプラスチック製品、ローカル製のミュージックテープに玩具類。その他種々雑多な工具類に、あれやこれやの果物・お菓子類。どれをとっても、どこにでもありそうな品々ばかりである。しいて気を引かれたものといえば、頭の大きさがバスケットボールほどもあるパンダのぬいぐるみ。そのパンダのぬいぐるみも立派なものだったからという理由で目にとまったのではない。インドネシアのイメージに今ひとつ合致しないパンダのぬいぐるみが、現地人らを主な客とするここの市場で売られている事実を知って、そのギャップが面白いと感じたからである。しかし、そのパンダのぬいぐるみは気の毒なほどにヒドイ代物だった。もともとは白かったであろう毛の部分も、あたりの汚れた空気にまみれて灰色化し、黒い毛色の部分と大して区別がつかない色合いに変色していた。いったい誰がこんなパンダのぬいぐるみを買うというのだろうか。そのパンダのぬいぐるみの様子は、木棚の最上段で頭をたれて、今にも泣き出しそうにみじめだった。私は二、三分ばかりの間、そのパンダのぬいぐるみと店主の顔を交互に眺めながら無言でその場に立ち尽くしていた。せめて養生用のビニールシートでもかぶせてから棚に飾ってあげれば良いのに……などと余計な助言でもしてやりたい衝動にかられたからだ。

市場の猥雑《わいざつ》さから逃れたくて、群集のまばらなエリアを求めて歩を進めていると、大きく左にうねった坂道の麓《ふもと》に達した。道幅の狭い急勾配の坂道であるから、道端には奥行き二メートルにも満たないような茶店がまばらに並んでいるだけである。車両の往来は激しいが、人通りが妙に少ないのも当然だとは思えた。暑苦しくてうっとうしい喧騒からようやく逃れられそうだという思いに安堵しながら、私はその坂道を登ってみた。

と、あるひとりの女性が、後方から歩み寄ってきて、ふいに私に声をかけた。

「ねえ、お兄さん。これからどこへ行こうというの？――」

小作りのハンドバッグを左手に提げ、素足に厚底の黒いサンダルをはいている。物売りの女性のはずはないし、帰宅途中の勤め人というふうにも見えない。私はただ微笑んで、返事のしようもなく、ゆっくりと歩き続けた。

女は道路側の私の横に並んで歩きながら、もう一度訊ねた。

「ねえ、お兄さんたら、これからどこへ行こうというのよ？――」

よくよく見ると、かなり奇妙な雰囲気の女である。

身なりは小綺麗にしているが、服のサイズが小柄なからだに大き過ぎて、たいそう滑稽《こっけい》である。目鼻立ちはなかなか整っているのに、毒々しい化粧のせいで、ずいぶんと損をしている。薄いヒゲが鼻の下で伸び放題になっているのは愛嬌だとも思えたが、女性の黒い瞳が、落ち着くことを知らず小刻みに震えているのは気にかかった。彼女のからだは何らかの病にやられているのかもしれないと思った。肌の色は生気がなく土色にくすんでいるし、首の周りにはカサブタ状の吹出物がミミズ状に環をなしていた。そんな彼女の様子を歩きながら傍らで眺めているうちに、私は彼女のことがたまらなく気の毒になってきた。

坂を登りきったそこで、近くにある茶店に誘ってみると、彼女は私の誘いに快く応じてくれた。名前は、トゥリアナ。彼女ははにかんでつぶやくように言った。注文をするのに「何が好きなの？」と訊くと彼女は、「ティーボトル」と答えた。

人の良さそうな茶店のでぶっちょおばさんにティーボトルを二本注文してから、彼女と並んで木板製の長椅子に腰かけた。暑さで喉が渇いていたせいもあって、私はティーボトルを三本も飲み干したが、彼女の方は一本目も半分しか飲みきれないようだった。詮索《せんさく》がましい話題ばかりを口にする私のせいではあろうが、彼女は無口だった。ときおり発せられる言葉は薬物中毒者のように途切れ途切れで呂律《ろれつ》がまわっていなかった。長椅子の木板の上に放置されたまま、彼女の膝のそばで、それ以上相手にされる気配もないティーボトルのガラス瓶を眺めながら、私は自分の無力さのようなものを感じていた。しょせん私のような人間には、彼女のような女性の身の上に対して同情の念は抱くことができても、それ以上のことは、何もなしえないのは最初からわかりきっていることなのである。

私が支払いをすませてその場を立ち去ろうとすると、彼女は慌てたように叫んだ。

「待ちなさいよ、お兄さん！」

彼女は腰を上げて私に寄り添うように歩き出した。

「これからどこへ行こうというのよ……」

この台詞《せりふ》は、彼女の口癖のようでもある。

「ねえ、お兄さんったら、あたしとデートでもしないって誘ってんだからね——」

ただ意味不明に微笑みながら、彼女を拒絶するでもなく、だからといって素直に応じようともしない私に向かって彼女は非難がましく叫んだ。

どうしたものかと足を止めると、彼女は私の顔を覗き見て言った。

「マウ・マスックカー・サマ・サヤ？……」

彼女の意味することが、一瞬うまく理解できなかった。

「マウ・マスックカー?……」

彼女はいくらか語気を強めて再度つぶやいた。

ある憶測がふと脳裏をよぎった。

彼女もまた、甘い言葉で男らを誘惑するその筋の女なんだろうか、と。だとすると、彼女の所有する武器はあまりにも絶望的に思えた。彼女の色気はないも同然だったからである。私は、彼女のことがますます気の毒に思えてならなかった。

憶測が誤っていることを願ったが、その可能性は低いことを悟った。

私はやんわりと断ったつもりだったが、彼女はひどく淋しげに道路を反対側に渡って、私に背中を向けた。

坂を登りきったそこは線路を跨《また》いで構築された五〇メートル長の陸橋である。

私は陸橋の鉄パイプの欄干《らんかん》に寄りかかって、今しがた出会って別れたばかりの彼女のあれこれに思いをめぐらしてみた。ほんの三十分にも満たない、しかも見も知らぬ人との触れ合いで、これほど憂鬱《ゆううつ》な気分になるのは、まったくばかばかしいことだという気がしないでもなかった。

私は重苦しい気分を振り払うようにあたりの風景を眺め紛らわせた。北側の風景は殺伐としているが、陸橋の上から南側に見渡せる風景はなかなかの趣である。

南側に伸びる線路沿いには、ブルーやオレンジやブラックカラーの建築作業用シートで屋根をこしらえた掘っ建て小屋が視界の向こうまで建ち並んでいる。その背後を彩っているのは、ジャカルタ中心部の高層ビル群である。

　敷石の整備された線路間の中央部では、コンクリート製の電線管マンホールの上に腰をおろしている若いカップルがいる。野生化したニワトリの横で、あひるの親子が雑草をついばんでいる。陸橋下のゴミ山をあさっているのは、人の子どもらではなく、野良猫である。灰色に淀んだドブ川の土手の方で、もくもくと畑仕事に精を出している男がいる。遠くに見える野原では、子どもらが凧上げにはしゃぎまわっている。川向こうの赤茶けた広場でサッカーボールを蹴飛ばしながら大声を上げている青年たち。集落へ通じる小道の脇にむしろを広げて気持ち良さそうに夕涼みをしているおばさんたち。

　陸橋の上から眺めるそこには、確かに投げ捨てられたあらゆるゴミが目につく。残り火のくすぶる廃棄物の山は、灰色の煙といっしょに異様な臭いをあたりに撒き散らしている。決して環境のいい場所とはいえないかもしれない。だがしかし、そこには、貧乏だとか、裕福だとかいう基準では決して説明のつかない幸福というのも、確かにあるように思えた。

　陸橋の上から電車が通り過ぎるのを眺めるのは愉快だった。おそらく無賃乗車をしたのであろう若者らが、走り行く電車の屋根に必死の様子でへばりついているのである。人はそういう境遇になれば、どんなことでも平気でできるものなのかもしれない。若者らの命知らずの活力は、この国の将来に、したたかでたくましい希望のようなものを感じさせたりするものである。それがまったく常軌を逸した愚かな行いであったとしても――。

彼女はまだその陸橋の上にいた。私はほんの一時間ばかりの間で、もう彼女をそれほど気の毒な人とは思わなくてもいいような気になりはじめていた。彼女と対等な人間付き合いをするのも、ひょっとすると可能かもしれないと思いはじめたのだ。彼女はなかなか客を取れずにいるようだった。彼女に関心を寄せられる人間は、相当な変わり者だといえなくもないのだ。誰からもそっぽを向かれてばかりの彼女を微笑ましくチラチラ眺めていると、ふいに視線が合った。私は慌てて視線をそらしたが、気づかれてしまった。彼女は道路をはさんだ向こうから、すぐさま躍り寄って来た。彼女は私の気持ちの変化を、ある意味では察してくれたのかもしれない。

交渉は、五〇〇〇ルピアで折り合いがついた。

彼女は、私の先をつかつかと歩いて、陸橋下の茶店に入った。そこらにある狭苦しい茶店のいくつかが、そういう商売もかねている店だとは知らなかった。夕闇の迫ったあたりの暗がりをよそに、蛍光灯の明かりで眩し過ぎる店の中はまったく落ち着けない場所であった。これから自分が試みようとしていることに、私は急に自信がもてなくなった。道端で客待ちをするオジェックの運転手らの視線も気になる。店内で部屋が空くのをすまし顔で待つ他の連中の存在は、私の気持ちを堪えがたいものとするに充分だった。私は、トゥリアナのジーンズのポケットに五〇〇〇ルピアをねじ込んで、その場を去ろうとした。

「ねえ、ちょっと待って頂戴！……」

彼女は私を制止した。

「もう、すぐなのよ！」彼女は叫んだ。

「もう十分も待てば、部屋は空いてしまうものなのよ！」

彼女には彼女なりのプライドもあるようだった。それでも茶店にいるのは苦痛だった。私は彼女の制止を振り切るようにして店を出た。

彼女もまた、私を追って店を躍り出てきた。私は彼女の方に向き直ってこう叫んだ。

「いいんだよ、気にしなくて――。急に気分が変わったオレのせいなんだから……」

彼女はさもあきれ果てたようにこう言い放った。

「ホントにしようがないお兄さんね、あんたは――」

彼女は私の手を激しくつかんで、陸橋の下の方へ歩き出した。土間階段をおそるおそる下まで降りきると、そこにいた野良犬が出会いがしらに私を見て吠えた。彼女が近くの空缶を手に取って犬をめがけて投げた。犬はすぐにしっぽを巻いて逃げた。

「まったく臆病なもんだよね、インドネシアの犬は……」

彼女は固く唇を結んで、足早に歩き続けるばかりだった。線路沿いに突っ立つ水銀灯の明かりが横から差していた。彼女と私の影法師が右斜め前方に差していた。薄暗い集落の中道へ入ると、視界がやにわに狭まったが、歩くのに不自由するほどではなかった。

あたりの暗がりからさかんに聞こえてくる物音。赤ん坊の泣き声は前からも後ろからも聞こえてくる。見上げる夜空はうすぼんやりと輝いていていて静かだった。

掘っ建て小屋には照明設備などあるはずもないが、とりたてて不自由だというわけでもない。マッチをすって、ロウソクの先に火を灯してやればすむだけの話である。部屋の中には物らしい物は何もなかったが、物を持たない気楽さというのもそこにはあるように思えた。ベッドにかけられたシーツは黄ばんではいるが、清潔で、枕や毛布もきちんとたたんで置かれてあった。驚いたことに、スハルト大統領の肖像画は部屋のもっとも目につく場所に、ここでもちゃんと飾られているのである。

私は、彼女の身の上話をさらにじっくりと聞いてみたい思いにかられていた。だがしかし、彼女はそんな私の思いに素直に応じてくれる女性ではやはりなかった。仕方もあるまい。彼女にとっての男というのは、誰もみんな、彼女の内部に排泄し去って行くだけの動物に過ぎないのだから。

ベッドの脇の木箱にたてかけられているポートレイトに写っているのは、若かりし頃の彼女と膝に抱かれた小さな子どもである。私の姿を認めて小屋から無言で出て行った男の子は、彼女の愛する一粒種の実子だというのであろうか。

小屋から出ると、男の子は地面を棒切れで叩いて遊んでいた。

私は男の子の脇を横切って、再び陸橋の方へ向かった。彼女が男の子を呼ぶ声がした。男の子は棒切れを放り投げて、小屋へ入った。

このしばらく続いた週末のバス旅行も、もう終わりにしようと思った。もうこれで充分というものではないか。

掘っ建て小屋の向こうのジャカルタ中心部のビル群は、いつの間にやら無数の明かりで灯っていた。私は、なかなかその場を立ち去れずにいたが、ようやくのことで腰かけていた陸橋の欄干から腰を浮かし、線路側に垂らしていた足を陸橋側に引き抜いて、通りの歩道に立ち上がった。すっかり夕闇に包まれたタナバンの陸橋からの風景を、今一度見つめながら立ち尽くし、私はあの掘っ建て小屋の集落に向かって、自分の胸内にこうつぶやいていた。

ここジャカルタには、あの東京など及びもつかないくらいに多くの人びとが、きっと暮らしているに違いないのだ、と。

マドゥラの石

その人物のことを、私は秘かにミスターHと呼んでいた。

安宿ばかりを選んで海外を旅していると、奇妙な日本人に出会うことがたびたびある。日本人でも実に変わったやつがいるものだと圧倒されることがある。彼らの多くは、タイやカンボジアを中心とした東南アジア一帯の路地裏を好み、そこで身を潜めるように暮らしている。持って生まれた過剰な個性が、およそ日本社会には向かないのであろう。日本で暮らしていては決して出会うことのない、そんな日本人。常識社会の日本では、とても生きてゆけない型の日本人と言った方がわかりいいかもしれない。

ミスターHはまさしくそういった型の日本人だった。ミスターHと書くのは長ったらしいので、ここからはHと書くことにしよう。

Hは四十代半ばの色黒の男で、鼻の下には立派な口髭をたくわえ、眉宇《びう》のあたりが異様な盛り上がりを見せ、一見、幾多もの血が入り混じったような、そんな無国籍な気配を強く漂わせている。自信に満ちあふれたその表情、相手に威圧感を与える語り口、痩せた小柄な男ではあるが外見的なその印象は裏社会に生きる穏やかならぬ人物のようでもある。なるほどなあ、と妙に納得してしまったが、彼を古くから知る者の話では、他界したHの父親は暴力団の組員だったという。

人間とはこれほどまでに自由に生きれるものだったのか、とミスターHから学んだものは計り知れないものがある。

堅苦しい世間一般の常識とやらに縛られ、生を楽しまずして生きることのなんと馬鹿らしいことか。よくよく考えてみると、俗世にはびこる制度や常識や道徳とやらに、疑問や違和感を覚えるものは少なくないのだから。

ドラッグや安楽死、自殺、自由恋愛や売春などにしてみても、それによって生じるすべての結果が他人に被害をもたらさず、自己責任としてまっとうされるのであれば、「それは悪だろう、罪だろう、いけないことだろう」などとアカの他人が非難すべきものではないのかもしれない。人は何をもやってかまわない。むしろ人は何でも自由にやって生きるべきだという思想を、それは絶対に間違っていると言い切って反論するのは相当に難しいことのように思えなくもなかった。

やってはいけないというHの行動基準は、もっぱら自分が他人にやられては許せぬ行為のみに限られる。つまり、他人に殴られたり、騙《だま》されたり、物を盗まれたりするのはご免こうむりたいので、暴力や詐欺や窃盗といった類の行為は、自分も他人に対して働いてはならないといった具合の発想なのだ。

だがしかしである。人は何でも自由にやって生きていいのだ、と口で言うのは実に簡単だが、それを実践して生きてゆくのは決して簡単なことではない。何者にも依存しないという強い意志を持ち続け、天涯孤独をまっとうしなくてはならない。その多くは、家族や親類をも放擲《ほうてき》しなくてはならないという覚悟をともなうものなのだ。

「自分の環境は自分でつくるものだ、それが実践できるのがインドネシアだ――」

と口癖のように言い放っていたH。その文句の意味するところを、最初の頃はなかなか理解できず、傲慢さに堕落した人間の証拠ではあるまいかと嫌悪していたが、今ではある種の共感をもって理解できる。Hは自らの真の欲求に対して忠実に生きてみようと覚悟を決めた、何よりも自由を愛してやまない、そんな純粋な人間だったのだ、と。

マドゥラの石というものの存在を知らされたのは、そんなHによるところだった。

細長い小箱におさめられたその代物は、長さ一〇センチあまりの純白の石で、両端が尻すぼみにとがっている。その表面は御影石《みかげいし》のようにつるつるとしているわけでもなく、火山岩のようにざらついているわけでもない。指の腹でなぜたその肌の感触は、何かの粒状の錠剤にでも触れたような感覚である。

その奇妙な代物は、中国系の薬屋で求めることができるが、どこでも容易に手に入るというものでもない。その使用法を記した説明書には中国語の表記しかなく、中国語の素養を持ち合わせない私には何と書いてあるのか、さっぱり理解が及ばない。が、聞くところによると、それは女性の大事な部分に挿入して使用するものらしい。挿入後しばらくすると、その内部に発熱が生じ、粘膜にうずきが生じ、締りが良くなり、おいては女性自身の絶頂感をも引き出す効果があるらしい。

「いつか、どこかでためしてみるといい——」

Hはそんなふうに言いながら、やけににやついた面持ちで、それを私に献上してくれたのだった。

ふいに転がり込んできたその奇妙な贈り物を手に取り、私はしばし、しげしげと眺め入った。同封の説明書の表記は中国語のみだが、小箱の表面には、「Batu Madura」とそこだけインドネシア語で書いてある。マドゥラといえば、すぐにジャワ島北部に浮かぶマドゥラ島が思い浮かぶ。東西一五〇キロメートル、沖縄本島の四倍近くもの広さを持つこの島には二五〇万人以上の人々が暮らしている。この島は、カラパン・サピーと呼ばれる牛レースを抜きにしては語れない。農閑期の八月から島の各地で催され、十月末の大統領杯で頂点を迎えるというこの牛レースには、マドゥラのすべてが詰まっていると言っても過言ではない。村の男たちは、農耕用の牛に比べて三倍以上もの値がはるレース用の牛に、蜂蜜やジャムーと呼ばれる薬草を与え、はてはビールまで飲ませ、それこそ精魂込めて育て上げる。レース当日の島の様子はニュース番組の中でも取り上げられ、その熱狂ぶりは、映像という媒体を介していても、容易に感じ取ることができる。それは、まさにある種の恐怖感を覚えてしまうほどの、狂喜乱舞の異常な盛り上がり方なのである。カラパン・サピーは陽気で勇猛なマドゥラ人の性格そのものなのだという言われ方もするが、その一方で彼らは、いたって気性の激しい粗野で付き合いづらい連中として、国内での評判はアンボン人と匹敵するほどにすこぶる悪い。とはいうものの、マドゥラ人の評判の悪さは男性のみに限られ、女性には当てはまらない。マドゥラの女性は持って生まれた身体的特徴として膣の締りがいいのだ、という実に信憑性に乏しい、医学的根拠があるとは思えない理由で、インドネシア人男性の間では何とも奇妙な人気の集め方をしている。この純白の奇妙な石は、ひょっとすると、そんな微妙な男性心理にしけこんだ、商売根性まるだしの、えげつない代物ではあるまいか、とも想像したが、実際のところはわからない。

Hとの付き合いも半年を超えた頃になると、圧倒されてばかりいた彼の話にも、いくらかの反発を覚えるようになっていた。Hに対する私の畏敬《いけい》の念とは裏腹に、彼は私のことを世の道理を知らぬ未熟者として扱うばかりで、何かにつけて手厳しい忠告ばかりを浴びせる一方だったからだ。帝王学などと名づけられ、他人をいかにこき使い、楽をして利益を貪《むさぼ》るかという術をくどくどと聞かされるのにも辟易《へきえき》していたが、仕事の一部だといってゴルフを強要され、営業活動の一環だといって女あさりに付き合うのも苦痛だった。人は誰でも好きなように生きてよいのだと言う一方で、他人に自分の思惑を強要するのは、仕事のためだとはいえ、鼻持ちならない矛盾ではないかとの反発もあった。話が限りなく飛躍してくると、新興宗教の伝道者からしつこく入信を迫られているような、そんな妙にうっとうしくて窮屈な気分にもなってくるのだ。

ゴルフなどというものは、体力の衰えを感じはじめた五十歳を過ぎた頃からはじめようと漠然と考えていた私は、いくら仕事の一部だとはいえ、貴重な休日をゴルフで失ってしまうのは残念でならなかった。女性を金で求めるのは、分別のある大人としてやっていいことなのかと判断がつかず、良識ぶった感情からも、ある種の罪悪感からも、時には己がひどく卑劣な人間にでも成り下がったような、そんないまいましい気分にもなるものだった。そうはいっても、一方ではやはり、ゴルフは業務上避けることのできない義務だと自分に言い聞かせ、女性を求めるのは己の欲に忠実な人間として正しいことなのだと自分に言い訳をする。自由気ままな独り者だと周りから認知された者にとっては、ゴルフの誘いを断るのは相手に対して失礼にも当たるし、女性の誘いを断るのは面白みのない堅物な輩だと疎《うと》まれ仕事にも影響を及ぼしかねないのだ、と無理に結論づけて行動するうちに、やがて自分もまた諦めに似た感情と麻痺《まひ》してしまった感覚とともに何事も成し得る、そんな人間になりつつあるのが自分でもよくわかった。

中学生の頃、部活の先輩に火のついた煙草を閉じた唇の間に無理やりねじ込まれ、いやいやながら喫煙を強要されたのを思い出す。そして、いつの間にか、こそこそと己からすすんで喫煙を楽しみはじめた、そんな自分をも思い出す。

ジャワ島東部インドネシア第二の都市スラバヤ近郊に、テレテスという避暑地がある。当地の近辺には日系企業も多く進出している。そこら一帯の受注物件の管理を任されていたHは、ときおり業務上の応援を私に求めた。Hに同行し、出張業務に就くことがたびたびあった。

テレテスは山の麓に位置する、そんな村だからであろう。駐在員の間では、オヤマという愛称をもって呼ばれている。だがしかし、そのオヤマという呼び名の背後には、謎めいた響きがあって、それを口走るときの誰彼もの表情の中には、奇妙なふくみ笑いが潜んでいる。そもそもオヤマという固有名詞は、テレテス村の全体を指して使われるよりも、村のごく狭い地域、いわゆるいかがわしいといわざるを得ないある場所に限定して使われる場合が多いからだ。そういった意味合いにおいては、私は日中のオヤマに出かけたことは一度もない。オヤマはまさに陽がすっかり沈んだあとに、こそこそと出かける、幻の竜宮城のような場所なのである。

曲がりくねった街灯ひとつない真っ暗な山肌のごつごつ道を、車が行くべき道をはずれて山の傾斜を転がり落ちてしまわないよう充分な注意をはらいながら下って行くと、やがて鉄パイプの片方にコンクリートの重しを施してこしらえたゲートが目に入ってくる。車の進行が一時的にそのゲートの前で中断させられるのだ。ゲートを車で通過するには、駐車場代だか入場料だか、いまいち判別しがたい通行料のような支払いを先にすませなくてはならない。ひどく高慢ちきで、ぶっきらぼうなゲートの男に一〇〇〇ルピア紙幣を二枚献上し、そして入り込むことのできるそこは、あたりが真っ暗な山肌に囲まれているだけに、一瞬くらくらと目もくらむばかりのまばゆさである。オヤマはまさに、ピンクや黄色の艶《なまめ》かしい光あふれる、そんな置屋ばかりが軒を連ねた阿片窟《あへんくつ》のような場所なのである。初めてその場を訪れた者は、誰もが口をあんぐりと開け放ち、あまりにも現実離れした不思議な光景に、しばし放心状態に陥る。ひんやりとした盆地の静けさ、遠くで聞こえる虫の声、そして薄気味悪く黒ずんだ周辺の山肌。それらは、そこだけきらめく異様なたたずまいを、より艶かしく浮き上がらせるために、余りあるほどの効果を発揮している。ガラス張りの向こうで指名を待つ娘たちは、やけに無関心な瞳を泳がせていたり、無気味なうすら笑いをたたえていたり、疲れたふうにふんぞり返っていたり。いかにも慣れた様子で私の前を歩くHは、自分はとっくに飽きてしまったのだとでもいうふうに、ずいぶんと余裕のある様子で、ガラスの向こうの娘たちに我関せずの視線をやっていた。Hは独特な彼流の論法で、顔立ちのいい無愛想な娘よりも醜くとも愛嬌のある娘を選べ、と私に意見することを忘れなかった。ここへ案内する者が客であった場合には、決して自分から先に娘を指名してはならぬ、との忠告をも忘れていなかった。長々と娘らを物色するのに、形容しがたい奇妙な感情が湧き起こり、過剰な緊張感に息苦しさを覚え、いったんその中心部から逃れようと試みた。暗がりを求めて足早に歩いた。ようやく、目的の暗がりがすぐそこまで近づいたかと思うと、私はまた横目でちらちらと置屋の方を見たりしながら歩いていた。と、その時、視線の先にいた、ひとりの娘がふと目にとまった。

大きな瞳は緊張の抑えがきかず四方を彷徨《さまよ》っている。口許には、はにかんだような笑みが絶えずこぼれている。真っ黒な骨細の指先は膝の上でこわばっている。あかぬけない身なりのせいで、独りだけ奇妙に浮いて見える彼女は、明らかにこの場に慣れぬ娘なのだと容易に想像がついた。そんな彼女の様子に心を奪われ、しばし立ち止まって見入っていると、例によって店の男が即座に私のそばへ寄って来た。

「あの娘がお気にめしたのかい、マドゥラ出身の気の優しい娘さ。しかもつい一週間前に田舎から出てきたばかりの新入りの娘でね……」

男は私の視線の先にいる彼女を、そんなふうに売り込んできた。

マドゥラと聞いたその瞬間、私の気持ちは決まってしまった。


車の後部座席に乗り込んだ彼女は、終始無言のままで、窓の外ばかりを見ていた。

ホテルのロビーで部屋の鍵を受け取り、三階の部屋を目指して階段を上りながら、私はHに向かって意味ありげに訴えた。

「――あのHさん、すいません。肝心なものを、肝心なものを用意していないのですが……」

Hはすぐに察して、またもや彼流の論法で、私を叱責した。

「病気が怖くてそんなことができるものか、相手に対して失礼ではないか。そんなもの。それがいやなら添い寝でもして、一晩中子どもじみたおしゃべりでもして、それだけですませてしまうことだね！」と。

娘たちは、そんなものを使うと己が汚いもの扱いされたものと思い込み、悲しむというのがHの意見だった。

部屋の中へ入ると、かえって緊張感から解放されたのか、綺麗な部屋が気に入ったのか、それとも精一杯に明るく努めようとする気持ちからか、彼女は途端に表情を和ませ、子どもみたいに喜びいさんでベッドの上に飛び乗った。安っぽい黒いバッグの口を膝の前で広げ、中からこれまた安っぽい黒い財布を取り出し、ＫＴＰを私の前に差し出して見せた。「**Karutu Tanda Penduduk**」——法律上の成年である十七歳以降、その所得・携帯が義務づけられている身分証明書。彼女は自分がマドゥラ出身だという事実を確かめてほしかったのかもしれない。出生地は確かに、マドゥラと記されている。名前はスミアティ、血液型はA型、年齢十九歳、宗教はモスリムと書いてある。職業の欄に記された、「**Tani**」、という単語だけはまだ知らない言葉だった。いい名前だね、とお世辞を言ったあと、いったい**Tani**というのはどういう意味なんだい、と彼女に尋ねた。彼女は、興味深げに質問をされたのが、さも嬉しい様子で即座にその意味するところを伝えようと懸命になった。彼女は私の顔をちらちらと覗き見ながら、部屋の中をうろうろしはじめる。左腕を腰のあたりに丸め、右腕は何かをまくような動作をしている。突然はじまった彼女の突飛な演技に呆気に取られ、彼女の動きを食い入るように凝視した。彼女は私がまだ何もわかっていないとでも思ったのであろう。今度は、腰をかがめたり伸ばしたりしながら結んだ両手を振り上げたり下ろしたりしてみせた。彼女の意味するところに、おおよその察しはついたが、彼女の腰つきやその姿勢が面白くて可笑しくて、しばらく笑いを堪えながら眺め続けた。彼女は必死になって地面を耕している真似をしているのだった。

やがて彼女は私の前に躍り出て、「わかった?」と尋ねた。

私は笑いを堪《こら》えながら無言でうなずきつつも、アタッシュケースの中からインドネシア語の辞書を引っ張り出し、そしてそれを膝の上で確認のためにひもといてみた。やはり、そうだ。彼女の職業申告は、農民、ということになっているのだった。

壁に背をもたれてベッドの上に足を投げ出し、腰まで被せた毛布の上で辞書を広げながら、彼女の十九年間の歴史を事細かく尋ね聞いた。すぐに朝はやって来て、私は仕事へ出かける準備をするために、ベッドを出た。彼女はまた、オヤマへ戻るために、ベッドを出た。

次の日も、そして次の日も、彼女はやって来た。そして次の晩も、その次の晩も、時間は矢のような速さで過ぎ去り、すぐに朝になった。三日目の最後の晩はとうとう堪えきれずに、彼女の話に耳を傾けながら、いつの間にかに寝入ってしまった。

朝になって目が覚め、はっとして彼女の方を覗き込むと、彼女はいつの間にか裸になっていて、私の顔をずっと見ていた。彼女はずっと起きていたに違いない。彼女は豊かな胸を私のからだに押しつけ、左側の脚を私の両脚の間にもぐりこませ、そして激しく抱きついてきた。

別れ際に彼女は、「今度来たときにも、またきっと指名してくれるのね……」と私に尋ねた。「もちろんそうする」と私は答えた。いつか休みが取れたら一緒にカラパン・サピーを見に行こう、と最後は指切りゲンマンをしてから別れた。


それから長い間、テレテスへゆく機会は訪れなかった。

ほぼ一年振りの出張業務。

その日の勤務中は、終日、気もそぞろでスミアティのことばかりを考えていた。業務が終了すると、慌ててホテルへ戻り夕食も取らずにオヤマへ急いだ。

だがしかし、そこに、スミアティの姿はすでになかった。

私に、畑を耕す真似をして見せたスミアティ。彼女は病気になって店をやめてしまったという。その後、ずっと姿を見せなかった私を彼女はどんなふうに思い、どんな感情を抱いて店を去ってしまったのだろう。単なる客の一人に過ぎなかったのかもしれない。

次ここに来るときまで、店をやめずに待っていると約束したのに。一緒にカラパン・サピーを見に行こう、って指切りゲンマンをしたのに。

ずっと机の抽斗の中にしまっておいたはずのマドゥラの石は、一度も使うことなく、どこかへ消えてしまった。引っ越しのときに、零れ落ちたのかもしれない。持ち歩いているうちに、どこかへ置き忘れたのかもしれない。

ナシプンクス

地下二階、地上一七階建ての高級マンション。担当する最初の本格的な現場だった。完成までの工期は一年半。かなりボリュームのある工事物件で、入社四年あまりの私のキャリアでは最初から苦労が目に見えてはいたものの、なんとかうまくおさめたいと意気込んで乗り込んだ現場だった。

応援業務でNさんの手伝いをしていた頃には、それほど感じもしなかったが、ひとりになってみると、その大変さは、時に気分が悪くなって吐き気をもよおすほどであった。

特に現地スタッフとのやり取りには、期待と実際との間に大きな隔たりがあり、仕事以前の問題で大きな壁にぶち当たった。

勤め人の常識だと思えることでもいちいち言って聞かさなくてはならない。会社を休む際には必ず連絡を入れるのが常識だろうとか、存在しない人物のタイムカードをこしらえるのはやめなさい、などと毎日のように言わなくてはならなかった。少しばかりまとまった仕事を与えると、たちまち病気になって休暇を取ってしまう連中の勤務態度にもずいぶん悩まされることになった。みんな陽気で気のいいスタッフばかりである。彼らとの関係が仕事上の付き合いではなく、旅先での出会いであったなら、どんなにか素晴らしかっただろうにと、いったいどれくらい考えたことだろう。専属の秘書がつき、一三人の部下があてがわれ、何だか偉くなったような気がして気分が良かったのは、最初の一週間だけだった。

ある日、工事元請けの担当者が現場事務所にたいそうな剣幕で怒鳴り込んで来た。配管工事に従事する五〇人近くの日雇いが、仕事そっちのけでデモを起こしているという。配管工事の日雇いといえば、その全員が身内の下請業者の労働者のはずである。どういうことなのか、さっぱりわけがわからずも、状況確認のために現場事務所を飛び出した。目の前の席に腰かけているフィリピン人エンジニア、エラァーニョを引き連れ、即座に現場へ駆けた。

連中は現場入口近くの道端で群れをなし、今にも暴れ出しそうな形相で立ち騒いでいた。怒りを抑えきれない一部の者は、大声を張り上げ、棒切れを振り回している。これ見よがしに現場の仮囲いの鉄板を力まかせに蹴り飛ばしている者もいた。そんな騒々しい連中の中心に立って、さかんに事を静めようとやっきになっているのは、現場責任者の役に任命したシギットだった。いくらか安心し、足を止め、騒ぎの外からしばらく様子をうかがうことにしたが、連中の怒りは静まるどころか、ますます激しさを増す一方だった。現場内のまとめ役として常々頼りにしていたシギットは、連中との押し問答に勢い負けして、すでに逃げ腰状態に入っていた。さも困惑したように顔色さえ失いかけている。

「まったく頼りにならないやつだな、日頃は調子のいいことばかり口走っているくせに……」

その様子は、愚痴のひとつでも投げかけたくなる情けなさだった。

シギットは私の視線に気づいたのか、面目なさそうに表情をこわばらせた。私は傍らのエラァーニョに目で合図を送り、連れ立って連中の中に立ち入った。何が気に食わなくてこんなに立ち騒いでいるのか、直に連中に尋ねてみようと決心したのだ。

ごくわずかな時間の間に、シギットの姿が消えているのに気づいた。

連中の訴えは思いも寄らないものだった。もう二ヵ月近くも労務賃金の支払いを先延ばしにされ、今日で五度目の約束がお流れになったのだと訴えているのだった。その日暮らしを強いられている彼らにとっては、二ヵ月間もの労働賃金未払い状況というのは、確かに許しがたい話なのかもしれなかった。慌てて現場事務所に駆け戻り、業者への支払い状況を確認するため、すぐに会社へ電話を入れてみた。一日たりとも遅延なく毎月ちゃんと支払っているというのが経理担当者の言い分だった。いったいどういう行き違いがあって連中の手許に届いていないというのだろうか。業者の社長と連絡を取るべく、すぐさま受話器をとって何度もダイヤルを回してみたが、まったく電話がつながらない。仕方なく、現場の騒動もよそに、ただちに以前交換し合った名刺に記された住所に出向いてみることにした。だがしかし、そこにはいくら捜しても事務所らしき建物はどこにも見当たらなかった。

その日以来というもの、シギットは、体調が悪く高熱を出しているという理由で現場に顔を見せなくなっていた。

賃金を貰えぬままの日雇いは毎朝現場にはやって来るものの、いっこうに働く意志も持たず、現場内のあちこちに散らばり、憤懣《ふんまん》の行き場を求めて彷徨っている。コンクリートの床の上に座り込んでは他人に自分の置かれた不当な状況を激白している者がいたり。用心深い視線をあたりに泳がせながら妙に無気味な様子でうろついている者がいたり。

そんな連中の様子に痺れを切らした元請けの担当者は、その対策を厳しく追求すべく、ひっきりなしにやって来た。数時間ごとに怒鳴り散らされる。作業の終了予定日がどんどん遅れてゆく。緊急の人集めに追われ、苦情の対応に追われ、一週間近くもの時間が慌ただしく過ぎ去った。

ずっと捜し続けていた業者の社長が、藪《やぶ》から棒に現場事務所に姿を現わした。腹の突き出た五十歳手前の男である。男は、芝居がかった卑屈《ひくつ》な笑みを唇に浮かべ、気後れのかけらも見せず、私の方にゆっくりと近づいて来た。その場で張り倒してやりたいという衝動を抑えるのに相当な努力が必要だった。男は私の机の前で足を止めると、落ち着き払って手提げ鞄の中からぶ厚くふくらんだ茶封筒を取り出した。その男が無言で私の前に差し出したその茶封筒の中身は一センチほどの厚さに製本されたA４判の書類だった。表紙には、私宛に提出されるべきものだとの記載がある。男に対する腹立たしさを押し殺しながら、製本版の中を覗いてみると、決して部外者には知られてはならない工事予算書のコピーが一頁《ページ》の不足もなく綴じられていた。なるほど、男が手にして勝ち誇ったように私に差し出した製本版は、現場の工事責任者シギットの不正を事細かく暴露するためのものだったのである。閉じられた中身を詳細にめくってみると、そこにはシギットから手に入れたという社内丸秘の工事予算書のコピーの他に、賄賂《わいろ》のやり取りを証拠づけるサイン入りのいくつもの領収書のコピー、そしてこれまでの不正のやり取りを物語風にまとめた暴露文書が綴じられていた。

業者の社長とシギットとの間にどのような揉め事が生じたのかは不明であったが、シギットの不正は彼の言い分を聞くまでもなく明らかだった。シギットの懲戒免職はただちに決行された。彼に賄賂を提供した業者との契約も即座に破棄とした。おかげで現場の組織を再編成し、新たな業者との仮契約を結ぶのにさらに二週間以上の日が過ぎ去った。半月近くもの工事の遅れのボリュームは算段すると約七〇〇人分の作業にあたる膨大なものだった。他業者に与えた損害も大きく、元請業者の信用を完全に失い、そこには感情的な亀裂がすでに取り戻しようもない程度にまで達していた。

もういっそのこと楽になってしまいたい、などとあらぬ思いが頭をよぎったりするのは初めての経験であった。現場の最上階へ上がり、そこから下を見下ろすと、地面がずいぶん近くに見えたりするのだった。現場事務所にいるスタッフの全員がいまいましい敵に見え、何をやらせても頼りなく気に食わなかった。しまいには何一つまかせていられないという観念に囚《とら》われて仕事のほとんどを彼らから取り上げ、何もかも自分でやってしまおうと、できもしない試みに挑《いど》みはじめていた。休日も取れず、睡眠不足が続き、食事を取るのも面倒になっていた。体重が五二キロまで落ち込み、現場を歩きながら居眠りをすることもあった。

元請業者との亀裂はますます悪化し、怒鳴り声を戦わせる日々が続いた。すでに良好な関係を回復するのは不可能な状態であった。かろうじて殴り合いだけは、大人の良識をもって避けているといったギリギリの線で睨み合っていた。無理難題を課せられ、その日期限の工事ノルマを押しつけられるようになった。

そんなある日、元請業者の所長が例によって現場事務所に恐ろしい剣幕で現れ、吐き捨てるように叫んだ。

「今晩中に、絶対に、七階部分の配管工事をすべて完璧に終わらせよ!」と。

無理だと反論したが、相も変わらず喧嘩腰の激論になった。最後に所長は、下唇をぶるぶる震えさせ、私の瞳を憎悪に満ちた目で凝視した。その目は明らかに、こう宣戦布告していた。

「もし、もし、もし従わなかったら、いったいどうなるかわかってるんだろうな!」と。

所長は入り口の扉を力まかせに、それこそ投げ飛ばすように閉じて出て行ってしまった。どうしたものかと思い迷ったが、所長のノルマを意地でもやり遂げるべく、ただちに現場のスタッフと業者の番頭を事務所に呼び集めて緊急会議を開き、みんなに協力を呼びかけることにした。だがしかし、ある程度懸念はしていたものの、彼らのどの顔も呆れ果てたようにそっぽを向くばかりで、私の話を小馬鹿にしたように聞いていた。

それでも私は、断固として叫んだ。

「みんなでやれば、全員の力を合わせてやれば、きっと午前の三時頃までには片づくことだろう!どんなに遅くとも朝方までにはやり終えることができるだろう!」

すっかり勢いづいた私の言動に、馬鹿にしたような薄ら笑いを浮かべている連中。それでも私は誰もの意見も許さずに、作業分担を決定し、責任者を選出し、威圧的な口調ですぐに仕事にかかるように命じた。

現場事務所内にしばし異様な沈黙が流れたが、番頭の一人が仕方あるまいといった様子で席を立ち、膝の上のヘルメットを頭にかぶせた。と、番頭の全員がつられたように、一人一人同じ様子でゆっくりと腰を上げはじめた。その番頭らの様子を眺める部下のスタッフは、諦めとも拒絶ともとれる表情を泳がせていたが、私に対して憤懣の言葉を吐く者は誰もおらず、番頭らのあとを追うように現場へと出て行った。

日が暮れて、やがて夜の十時を過ぎた。現場に出ずっぱりのスタッフが、誰一人として休憩に戻らない。不愉快な予感が頭をよぎった。机仕事の手を止め、椅子から腰を上げた。足許を懐中電灯で照らしながら、現場の七階を目指し、真っ暗な階段をゆっくりとのぼった。コンクリートの床と床との間を夜風が吹き抜けている。細かい木屑が舞っている。静まり返った建設途中のコンクリートのかたまりの中で、耳に響いてくるのは自分の足音以外に何もなかった。えもいわれぬ感情が込み上げて来た。ある確信が胸底から湧き起こった。

「みんな黙って逃げたに違いない、きっと逃げ帰ってしまったんだ！」

と、その刹那、

「ボス！」

と、ふいに階上から声をかける者があった。

暗闇の階上から私に声をかける者がいたのだ。はっとして電灯の明かりを声の方に向けた。これまで一度もまともに口をきいた覚えのない新入りの業者の番頭だった。

ようやくのぼり着いた七階の広間には彼以外の誰かの姿はどこにも見当たらなかった。

「おまえだけなのか？　残って仕事をやっているのは――」

「いや、そういうわけでもないさ……」

「みんな、みんないるのか。全員残ってやってくれているのか？」

「そういうわけにはいかないのさ、ここは日本じゃないからね。……むろん俺なんかに、日本の様子などわかりようもないけどね」

番頭は私の視線を避けるようにして言った。

ぱたぱたと靴底のはがれかかった音が、階下から近づいてくるのが耳に入った。

「あいつらと俺だけさ。他のやつらは、みんな帰っちまったのさ――」

番頭は私に背中を向けると、壁際に立てかけてあるベニヤ板を、埃《ほこり》っぽいコンクリート床の上に、敷き並べはじめた。

「心配しなくていいよ、俺たちだけで充分な仕事さ。――ただし、朝方近くまではかかるだろうけどね……」

番頭は私に背中を向けたままの姿勢で、そんなふうに言った。

「休憩くらいしないとね、休憩くらいしないと、いくらなんでも朝まで持たないからね」

手に黒いビニール袋をぶらさげて階段を上がって来たのは、二人の年若い男だった。男らは、私の姿を認めると一瞬はっとして驚いたように足を止めたが、すぐに無関心な表情に戻って番頭のそばへ歩み寄った。番頭は男の一人から黒いビニール袋を二つ取り上げると、何やら耳許でひそひそとつぶやきながら、私に隠すように金らしきものを手渡したようだった。

男の一人は赤い煉瓦《れんが》が堆《うずたか》く積まれた材料置場を越え、たどたどしい足取りで向こう側の広間の方へ離れて行った。もう一人の男は声にならない舌打ちをして私の前を横切り、今上がって来たばかりの階段を下へ向かって降りて行った。番頭は靴を脱いでベニヤ板の上にあがると、躊躇いがちな低い声で言った。

「ボス、ここへ上がればいいじゃないか。晩飯も、まだなんだろう」

無言のままでいると、番頭は私をうながすように、さらに言葉を続けた。

「食わなきゃ、食えばいいじゃないか。からだがもたないじゃないか」

そんな心境ではなかったが、せっかくの親切を無下《むげ》にするのも心苦しく、番頭の言葉に従うことにした。

「食ったことあるのかい？　これ」

番頭は黒いビニール袋の中から取り出した包みを私の顔の前に差し出した。薄っぺらなザラ紙が心地よく火照《ほて》っている。

「ナシプンクス、ナシプンクスっていう食いもんさ」

番頭は無言の私にそう言った。

「ないね、恐らくないと思う」

「食いなよ、あんまりうまいもんじゃないだろうけどね。それでも俺たちにとっては上等なもんさ、上等な食い物さ」

番頭は先に包みを広げ、夢中になって食いはじめた。

「スプーンなんかありゃしないけどかまわないだろ。俺たちみたいに素手で食いやいいのさ。素手で食うのが一番うまいのさ。食い物の熱を感じながら食えるからね。指先だって元気づくからね」

番頭はあっという間に食い終わると、包み紙を丸めてビニール袋の中に突っ込んだ。

「現場の仕事なんて、スタッフの彼らにまかせてしまえばいいじゃないか。やらせればきっとできる人間がいるはずだし、連中にやらせることを覚えればいいのさ。毎日独りで徹夜じゃ、からだがもたないだろうし——。この国へ来たばかりの日本人はみんな苦労するのさ。ここでの仕事のやり方を何もわかっちゃいないからね——」

番頭はそんなふうなことを口走った。

「ここでの仕事のやり方を何もわかっちゃいないからね——」

私は、彼の言葉を頭の中で反芻《はんすう》してみた。

「ボス……食い終わったら、ここで寝てればいい。事務所で寝るよりずっと気持ちいいはずさ。ここなら涼しい風だって吹いてるし、蚊だってここまでは上がって来ないからね。目が覚めたら、朝が来たら、終わるべき仕事はすべて片づいているというわけさ。この階だけでかまわないんだろう。この階の分だけ、今晩中に終わらせてしまえばいいんだろう——」

「まだ名前を訊いていなかったね」

「スラマット、スラマット＝モハルジョ、よくある名前さ」

　スラマットは靴を引き寄せ、かかとを踏んづけ、腰を上げた。コンクリート床の上に銅パイプの転がる音が響いた。トーチランプの先に火のつく音が聞こえた。

　懐中電灯の明かりを消して、吹きっさらしの建築中のビルの七階から遠くの灯りに目をやった。ナトリウムランプの街灯のオレンジが、無数に散らばっている。テールランプの赤が遠くまで連なっている。

　ナシプンクスの包みを膝の上で広げた。指先にぱさついた米粒の温もりが伝わる。とうがらしの辛味がいつになくまろやかに思えた。こんなふうに落ち着いて食事を取るのはいつ以来のことだろうか、とぼんやりと考え続けた。

「あと半年ではないか、あと半年も辛抱すれば、この仕事も終わるんだ。きっとなんとか終わらせられるに違いない」

　せわしなく仕事に戻ったスラマットの背中を見つめながら、胸の底でそんな言葉を繰り返していた。失いかけた気力が、萎《な》えかけた自信が、またふつふつとからだの内部に戻りはじめるのを感じていた。

悩める駐在員

ジャカルタ・ジャパン・クラブ個人部会から発行される『Berita Jakarta』。この小冊子は、いわゆる書店で買い求めて手に入れるような、そんな種類の商業雑誌ではなく、日本人クラブ会員の全員に無料で配布されているもののようである。現地に滞在する駐在員の妻らがボランティアで編集に携わり、書き手のほとんども現地駐在員の面々ばかりのようである。会員の寄稿による随想、各種会員クラブの活動報告、様々な現地情報などが掲載されており、紙面いっぱいに現地で暮らす駐在員の姿がありありと見て取れて、とても興味深く読むことができる。以下に「甘えの構造」と題され、掲載されていた随想の全文（一部改稿）を紹介してみたい。

「甘えの構造」庵原哲郎・記――

子どもが親に物をねだったりするのを「甘え」とゆう。

大人になれば、たとえ欲しくても男なら堪えて「武士は喰わねど高楊枝」がよしとされた。女性は甘えが許される。可愛く、か弱く、生まれながらに特殊技術を体得しているから。

此処の男達は、この男の風下にもおけない心根、MANJA（甘え）女性社会ともいえる性情がある。髭を蓄え、もっともらしい男でだ。

知り合いの間柄での挨拶に「Jangan lupa oleh oleh yah」と云う慣用語がある。「お土産ね」の意味だ。歌にもある。

俺が何処かにゆくのを知れば必ずオレオレになる。例外はない。

それが慣用語までになるのは、甘えの構造があるからだ。

甘えには、「そうして呉れるのが、当然」と云った人におもねるる気持ち、卑屈な気持ちがある。

とにかく、甘ったれ根性で、そうしてやらないと、僻み、逆恨みとなってゆくから始末に負えない。

彼にはああしてやって私にはして呉れないとか、前はこうだったが今はないとか。

毅然としたところなど皆無に近い。「今に見ていろ俺だって」痩せ我慢の根性がない。明日の百より今五十、人からものを貰うのに何の抵抗も感じていない。そしてまだある。恩に感じると云う事がない。

当然なのだ。余禄があれば神に感謝するだけだ。

責任をとらず、あらゆる理由を述べ立てて言い逃れをするのも、この甘えの構造ではないか。

よくやったと褒美をやれば、翌日さっさと辞めてしまったり、こちらの期待と思惑は必ず外れる。

裏切られると言ってもいい。

俺がガイジン（金持ち不可食人種）だからか。対等でない人間関係（被殖民）が長く続いたからか。貧富の差のある社会構造のせいか、宗教か、毎日が暑いとそれどころではなくなるのか。

男には処世の美学が大切だ。要するにシニックな孤高とでもいうのか。

俺が此処はオカマ社会だと言ったら、「オカマももっと男らしい」。

そんな日々が続いて何年かたつと、それまで軽蔑していたオランダ式経営法、中国人《（編集部改竄）》のやり方をとるようになる。世界一家、すべて兄弟の題目を忘れる。

彼等に何の期待も夢も抱かない。相対の関係で、成るべく会話を交わさず、関係を希薄にして、必要事項だけがっちりと指示するように変わる。最初から期待していないから、結果が悪くても落胆しない。あまりにも多くの失望が重なり、人を替えてもまた同じような結果になる。

案外に石頭で、理解力に乏しくすぐ元に戻る。改革や改良を好まない。それを注意すれば、マンジャかアラサン（口実）だ。

ある一定の距離を保って、俺はガイジンだと自分に言い聞かす。決して深い付き合いはしない。さらりと逃げる算段を考えておく。それが処世だ。憎きオランダの手法だ。

甘えられるのが好きな人は、尻の毛を抜かれるまで付き合えばいい。

「おんぶと言えばだっこ」気持ち良く面倒みた積もりが、収拾のつかない結果を招いてしまった友人もいた。

アジアはひとつ、同じ人間同士、手を繋いで共に向上しようと誓った俺だ。情けなくて涙もでない。

「どうせ（あの人は）いずれ（故国に）帰る人だから」が根底にあるのか、俺の付き合った人がみんなそうだっただけなのか。利害関係が無ければ、何処の人でも皆いい人だ。大企業の人に限って、こんな言葉を聞くや、憮然として偏見だとおっしゃる。

関係が希薄だからだ。此処に長い紳士は（それを認めるから）話題を変えようとする。


『インドネシアのこころ』アリフィンベイ著　奥源造編訳。

日本語でインドネシアの解説をした好著で、その中にボノカルシ＝ディポヨノの論文として、人口の七割を占めるジャワ人の生活哲学を列記してある。

Narimo（受け入れ）・**Sabar**（忍耐）・**Waspada**（警戒）・**Eling**（判断）・**Totokromo**（礼儀）・**Kprajan**（威厳）・**Andap Asor**（簡素）・**Prasojo**（謙遜）の八条だ。これに**Manja**（甘え）・**Amok**（激情）が加わるのが俺の査定だ。

これを日常生活に当てはめると、

「良いも悪いもとにかく受け入れる。約束もあとでどうにでも言い訳（Alasan）はある。運が俺に向いていないから、当たり障りのないよう、ここは我慢しよう。人の言葉は嘘ばっかり、信じるな。裏表を使いこなそう。俺は見栄っぱりじゃあないが人とは違う、格好つけて舐められないように大人ぶるのも必要だから鷹揚に構えて、よきに計らえで行こう。あんまり威張って自分を曝すのはやばいし、ほんとは懐ろが寂しいから、金は使わず先頭切るのは止そう」

彼等同士でも同じだ。身内、村以外は絶対に信じない。内の人間と外の人間をはっきり区別していて、対人にはディポヨノのルールで対応する。

（結果的に）騙しても騙されても、当事者の間に神が介在するから、神も許し給う、神の御心でなかったとする。

神は、己を守り慈しんで呉れる存在より遥かに偉大で、運命を委ねている存在なのが、神仏祈祷の俺等の考えと大いに異なる。

それは一歩間違うと向上心欠落につながる。いくら努力しても、たかが人間で運命は神の掌の中にある。ナリモでサバールだ。

そうならないために、交際にはいつもワスパダで、的確なエリンが必要だから決まるものも決まらない、ただ時間だけが過ぎて行く。逆に依頼事もあまり催促しない。約束も単なる気休めで、待って実現しなければ諦める。現実がそうだから。アルラーの御意志でなかったのだ。トトクロモは廻りくどい、とってまわした言い方で、相手の感情を傷つけるのを極端に嫌うから（マンジャの要素もある）要点がぼけて、いったい何を言っているのか解らない。不可能とかできないとは決して言わない。

そのうちにとか明日には、と言うが、此処の時制は流動していて、昨日は今に続く過去、明日は今に続く将来を意味しているのが解るのは、石の上にも三年たってからだ。

逆にすぐ意気に感じて感激し、かっとなって我を忘れ、下品に喚き、明日になればけろりと忘れている俺は、まるで子どもだ。

気にいらない事が起こって日本流に烈火の如く怒ると、彼等は眼をぱちくりさせて、怒られた事より俺のその態度に驚く。

信じられない顔をする。そして白けて、瞳にちらり軽蔑が浮かぶ。

怒鳴るのは気狂いだけだから日本でのような効果はまったく期待できない。そして皆が心配する。裏にまわって陰険極まりない報復を画策するからだ。

だから、もっと女性的に諭し立場を聞く度量が大切で、どうにもならなければ、まったく違う理由で相手を傷つけず別れる道を考える。どんな誇りか知らないが、クプラジャン（威厳）を傷つけてはならない。

しかし逆に先方が考える日本人像は、怖い狂暴な人種（白人より）との認識が結構強い。嘗ての日本軍の横暴を忘れてはいけない。嵐のように突然と権力集団で介入した過去は、いくらその正当さを論証しようと、異常な時間だった事は拭えない。

理解される時間もない短期間だったのも原因で、嘗ての日本軍の横暴を忘れてはいない。彼等の資質でその悪行をただ赦しているに過ぎない。

人前で抵抗できない人の横面を殴るなど人間の行為ではない。それだけで人間失格で、それは大日本帝国陸軍の専売だった。毎日歯を磨くのと同じように。

しかし男達は耐えて我慢し祭りもなく禁欲生活が続くと、コップに水があふれるように突然と狂気に突っ走ることがある。それが英語にもなったAmokだ。

アモックは激情とか、理由も解らず狂気が集団化する事を謂う。

暴動と似ているが、それをやっている本人達がその理由を知らないのが困る。なんでそうなるのかはまだ解らない。たぶん気温のせいかもしれない。

この国では二十年毎にアモックがあると謂い、一九六五年の共産クーデター（半年で理由もなく、四十万人かもっとが河を血で染めた）の二十年後に密かにそんな噂が出たが事無きを得た。気候不順に影響されたのか。街角でも付和雷同するときがある。物見高いのか群衆心理か暇なのか、そうなると、もう自分が自分でなくなるから非常に危険だ。

俺は自分を竹を割ったように一本気の男の中の男と思っているが、それは北の島国での美徳で、彼等には下品で狂暴、自分勝手な危険な性質と思われているのかもしれない。深く反省して、古都のたたずまいのような文化を身につけよう。ものを言うときは拾勘定してから、小さい声で喋るようにしよう。そうしないとアモックに八裂きにされてしまう。

——

こういった類の会報誌に掲載される多くの寄稿文は、一般的に現地に対する気遣いが優先しお世辞的な内容に傾きがちだが、この寄稿文にはそんな偽善的なものは微塵も感じられない。

この随想の寄稿者は、おそらく現地滞在三年から五年程度の駐在員であったのではないだろうか。この文面に発露しているような現地人に対する心情は、多くの駐在員が、ある一時期、いやがうえでも煩悶《はんもん》として陥る一種の精神的葛藤である。一企業人として利益追求の基本を忘れることなく使命感に燃える駐在員ほど、この精神的傾向もまた一段と強いようである。

　この国での業務が決して気楽なものではなく、現地従業員との関係も仲良しクラブ的ではすまされない立場の駐在員。この随想の文面からは、自分に与えられた業務的責任と現地従業員とのやりとりの間で呻吟《しんぎん》する生々しい叫び声が聞こえてくるようである。

ポホン・チェンケ

機内は、さながら遠足へ向かう貸切バスの体だった。頑是無《がんぜな》い子どもらが、思い思いに立ち騒いでいるような、あの賑々しさなのだ。

「キィキィキィキィキィキィキィキィキィキィキィキィキィキィキィキィキィキィ……」

森の奥で鳴き叫ぶ何かの動物の声のような、そんな甲高い笑い声が機内に響き渡っていた。

シートベルト着用のサインが消えたかと思うと、いきなり五、六席前方の青年がぬっと立ち上がり、丸めた機内雑誌らしきものを右手に持ち、身を前方に乗り出し、斜め前の座席に座る男の頭をぶん殴った。殴られた男は大袈裟《おおげさ》な声を上げて立ち上がり、ただちに後ろを見まわしたが、殴った方の男は素知らぬ顔ですましている。こういった類の悪ふざけは、男であれば誰もが、あの小学生の頃もしくは中学生時分の授業中に、一度くらいは経験したことがある種類の悪戯ではないだろうか。

「キィキィキィキィキィキィキィキィキィキィキィキィキィキィキィ……」

きょろきょろとあたりを見まわす殴られた男の顔つきが可笑しくて、仲間の数人が押し殺したような笑い声を発しているのだった。殴られた男は、即座に彼なりの推測力を働かせ、友人のある一人を悪戯の犯人だと決めつけ、その男の頭に仕返しの一撃をかました。

「キィキィキィキィキィキィキィキィキィキィキィキィキィキィキィ……」

その後方の席に連なる傍観者としての仲間らは、一段と声を重ねて耳障りな笑い声をがなり立てた。彼が殴り返した男が、実際の男とは違っていたからだ。

まったく見ていてイライラさせられる騒々しさだったが、乗客の誰ひとり、機内乗務員の誰ひとりとして、彼らのはた迷惑な態度に注意を試みる者はいなかった。そして私もまた、アンボンの空港に到着するまでのわずかばかりの辛抱ではないか、と不愉快な気分を自らなだめすかすしかなかった。連中の一連の様子は粗野で荒々しく、下手に注意をしようものなら、逆恨みをもって集団暴行を受けかねない様子だったからだ。


十九世紀後半、イギリスの生物学者ウォーレスは八年間にわたってマレー諸島を観察し、動物の生態系分布がロンボク島とバリ島の間を境に大きく変化すると説いた。彼の学説は、「ウォーレス線」として世に広く知られ、大胆で興味深い学説としての地位を、今日でも保ち続けている。

ウォーレスを真似て、ただし動物を人間に置き換え、その境界線をインドネシア群島のどこかに一本だけ引くとすれば、それはスラウェシ島とアンボン島の間の海域にて引けるのではないかと思えてならない。そこを境に頭髪の縮れた人びとが多勢を占めるようになるといった外見上の変化と同時に、そこに暮らす人びとの内面的な傾向もまた、アジア的なそれとは甚《はなは》だしくかけ離れた風情を帯びてくるように思える。

水深二〇〇メートル以浅の海底をさす大陸棚。インドネシア群島海域には、スンダ陸棚とサフル陸棚の二つが横たわっている。スンダ陸棚はアジア大陸につながり、サフル陸棚はオーストラリア大陸につながっている。だがしかし、バリ島以東そしてニューギニア島以西の間の島々はどこにもつながっていない。さらにそこから遠く離れ、その真ん中あたりに位置するマルク諸島の島々は、そのどちらの陸棚からもそっぽを向かれたように、広い海域の中に散らばっているのだ。そこはインドネシアの、いや、いくらか大袈裟な物言いをすれば、世界の辺境と言ってもいいのではないかというくらいに、うら淋しい印象に支配されている。熱帯の陽光あふれる自然豊かな島々でありながら、あのインドネシア群島の東端、イリアン・ジャヤに比べてさえも、さらに遠く、馴染みも薄い、そんな場所に思えてならないのだ。


一九八〇年代の後半、波乗り仲間の間で、インドネシア産「グダン・ガラム」の煙草が日本でも流行っている時期があった。バリ島帰りのサーファーが日本に持ち込み仲間内で喫いはじめたのがはじまりだったのだと思う。沖縄県中部あたりの街角では、ごく短期的ではあったが、それ専用の自動販売機が繁華街の通り沿いに設置されていたくらいなので、一時的には当時かなりのグダン・ガラム愛煙家がいたのだと思う。

友人のひとりからすすめられその煙草を最初に喫ったとき、私は瞬時に周りに注意深く視線をやり、安全を確認してから友人の顔を凝視して言った。

「おまえ、いったい、どこから手に入れたんだ、これ？」

友人からもらったその煙草を、一呼吸分喉に通したその刹那、私はそれを法に触れるマゼモノの類に違いないと決めつけたのだった。幸い、広い店内には客もまばらで、煙草の火をもみ消す必要はないようだった。私はテーブルの上に置いてある友人の煙草ケースを即座に取り上げ、まだ火のついていない数本の煙草の匂いを嗅いだ。しかし、それは何やら干し葡萄《ぶどう》のような甘ったるい臭みで、その筋の乾燥葉の匂いとはずいぶん違うようにも思えた。

「悪くないだろ、それ……」

友人は私の怪訝《けげん》な表情を見て取って、面白そうにつぶやいた。

何か新種のブツなんだろうか、と私は瞬時に想像をめぐらした。友人のKはこの手の悪遊びに実に進歩的な男だったからだ。私はKの顔を注意深く眺めながら、指にはさんだそれを再度喫ってみた。煙を吸い込むたびごとに煙草の先にバチバチと火花が散り、喉の粘膜に強烈な甘ったるさが走る。眼前にあらゆるニュアンスの色彩がきらめき立ち、めくるめく浮遊感がやがて訪れるに違いないとも期待したが、そうはならなかった。

そしてそれを最後まで喫いつくしたあと、これがなんら違法にも当たらない純然たるただの煙草なのだと友人から知らされたときには、驚きのあまり、しげしげとそれに眺め入った。

世界のどこかにはこんな奇妙な煙草もあったのか、と。

このどこにも類を見ないグダン・ガラム独特の甘ったるい舌触りのゆえんが、煙草の葉に混ぜられたチェンケの乾燥つぼみにあるというのを知ったのは、インドネシアへ来てからのことだった。それを知ってからの私は、いつの日か必ず、チェンケの木を自分の目で見てみたいという願望を持ち続けていた。

フトモモ科の常緑高木。日本語では丁子《ちょうじ》、英語ではClove。インドネシア語ではCingkehと書いて、チェンケと読む。

インドネシアにおけるこのチェンケの存在は、過去に国の歴史まで変える要因になった。

「マルク諸島にチョウジとニクズクがなかったなら、オランダの植民地になることもなかったろう——」

ジャカルタのエリート層は、天然の富がオランダ人を引き寄せた不運を、現在でもこう嘆いているという。

十六世紀末、ポルトガルに遅れること約一世紀、北西ヨーロッパ勢力も、アジアとの香辛料貿易における巨大な利益を求めて東洋に進出を開始した。その進出の中心となったのが一六〇〇年にイギリス、一六〇二年にオランダに設立された東インド会社である。これらはいずれも政府から喜望峰以東、マゼラン海峡以西の領域における貿易の独占権を特許されるとともに、その領域内における条約締結権、軍事権など準国家的権限を与えられた。これら東インド会社の主眼は、重商主義の観念に基づき、香辛料など高価な東洋の商品をヨーロッパ市場において独占的に供給し、可能な限り高い収益力を保つことにあった。そのため、両者はポルトガルと、そして相互に主要商品の主産地において、それらの独占的獲得をめぐり激しい競争を演じることとなった。

この競争の行方は、オランダ東インド会社の圧倒的な優位で展開された。オランダは主要な努力を東インド諸島の香辛料の独占、なかでもマルク諸島の香料独占に向けた。一六〇五年、ポルトガルからアンボン島を奪い、テルナテ王国を保護下に置き、一六二一年、バンダ島住民を殺害排除して入植を進め、一六二三年にはイギリス東インド会社をもアンボン事件により締め出すといった具合で、オランダは東インド諸島全体の植民地化を成功させたのである。


降り立ったアンボン空港ロビーの建屋は、空から照りつける強烈な太陽光線に似合わず、ひどくうらぶれた廃墟のようなたたずまいだった。

長い飛行時間による疲労もあったのかもしれない。空港ロビーの外へ出ると、一瞬、気が遠のいてしまいそうな朦朧感で足許がふらついた。あたりに照りかえる陽光があまりに強烈で、目もくらむばかりのまぶしさだったからだ。目を半開きにしてあたりを見まわすと、客の物色に余念のないタクシーの運転手らしき連中の視線が私の方に集中していた。彼らの印象は異様で、一瞬のうちに私の内部を揺さぶった。連中の誰ひとりとして自分の方から声をかけてくるものはなく、彼らは私の次なる行動を待つかのように、ひたすら注意深い視線を送るばかりだった。私は連中らの鋭い視線に耐えられず、忘れ事でもあるふうを装い、いったん空港ロビーの中へ舞い戻った。

私は連中との直接交渉をうまく取り進める可能性について思いをめぐらしながら、あたりを注意深く見まわしてみた。

そっけないコンクリートの箱のような無機質な内部には、タクシーの手配を扱うような窓口はどこにも見当たらなかった。私はガラス張りの壁を介して外部の様子に目を凝らし、仕方なく、なるだけ穏やかそうな男を探しはじめた。乗るべきタクシーの検討をはじめたのだ。

私はしばらくしてから再び空港ロビーの外へ出た。そして、道路の左端に陣取りタクシーの車体に大儀そうに身をもたれかけている男のそばに歩み寄った。その男が一番無難そうな人物に見えたという理由からではなかった。どれだけ目を凝らして眺めてみても、しょせん連中の誰彼も、まったく近寄りがたい無骨な印象の輩ばかりである。私はただ単純に、やむなく彼の青塗りのタクシーがもっとも清潔そうに見えたからという理由で、そのタクシーを選んだのだった。

「メーターで走ってもらえるのかい?」

男は意外にもあっさりと無言でうなずき、後部座席の扉を開いて私を車内へ招き入れた。近くにたむろする仕事仲間らしき連中は、いまいましげな視線を私に投げたようにも見えたが、すぐに無関心な表情に戻り、再び空港ロビーの出入口に視線をやって別の客が出てくるのを待つような体に様変わった。

運転手のその男は、まったくもって面白みのない男だった。ときおりバックミラーを介して私の方をちらりと見たりしたが、表情を崩すこともなく笑顔ひとつ見せなかった。

タクシーの内部は外から見た印象とは違って粗末だった。座席のシートはところどころでひび割れ、黄色にくすんだクッションが顔を覗かせている。シートの背もたれは異様に湿っぽく、車内にはヤギ汁をこぼしたような異臭が漂っていた。ダッシュボードの下から吹き出す冷房風の臭いも埃っぽくて不快だった。

いくばくもなく運転手の男が窓を閉め切った車の中でさかんに煙草を喫いはじめたのを機に、私はついに我慢がならず、扉についたハンドルをまわし、すべりの悪い窓ガラスをめいっぱいの下までこじあけた。客としての不満を暗に訴えたつもりだったが、そんなまわりくどい手法はまったく通用しないようだった。男は煙草の火を消してくれるでもなく、窓を閉めてくれと注意をうながすわけでもなかった。冷房のスイッチはONのままであったが、車内はたちまちむせかえるような暑さになった。開け放った窓から吹き込む風は熱く、しかもひどく湿っている。とうとう私は辛抱ができず、窓を閉めることを選択し、唇をむすんで鼻腔をすぼめた。呼吸を浅くすることにより、この状況を乗り切ろうと試みはじめたのだ。

やがてタクシーは目的のホテルへ到着した。七五〇〇〇ルピアのタクシー料金を支払ったあと、私は安堵の思いでタクシーを降りた。そして次の瞬間、しばし踏み降りた駐車場の隅でたたずみ、走り去るタクシーを呆然と眺めていた。いったいどういう風景の中を通ってここへ辿り着いたのか、つい今しがたのことだというのに、まったく記憶に残っていなかったからだ。つまらないことに気を煩《わずら》わされ、車窓からの景色を楽しむ余裕などまるでなかったのだった。

長い間、訪れることを切望していた、かつての香料諸島の中心地アンボン島。その島の最初の印象は何ともつかみどころのないものでしかなかったのが残念だった。チェックインをすませ、部屋のベッドに仰向き、多少なりとも心落ち着く何かを思い出そうとして、ちらついてくるのは、やけに肉づきのいい太くて脂ぎった首筋、短く刈り込んだ縮れ毛の頭、それら以外にはやはり何もありそうになかった。

アンボンはまったく交通の不便な土地だった。割高なタクシーを常時利用する気にはなれず、ベチャ（人力車）やベモ（乗合バス）に乗って移動を試みると、途中で必ず行き詰まってしまう。ベチャ引きの男は平坦な道ばかりを好み、坂道の手前に来ると決まって不当な追加料金を要求する。ベモの運転手もまた、乗客が私ひとりになってしまうと多くの客が望めない村までは行ってはくれず、速やかな降車を要求してくる始末だった。やむなく辺鄙《へんぴ》な通りに降り立ち、途方に暮れ、かわりの交通機関を捜しだすため、実に長い徒歩旅行を余儀なくされる気分はまったくもって腹立たしいものである。街はずれのあちこちを無意味やたらと歩き続け、しまいにはへとへとになってホテルへ舞い戻るという有様なのだ。私は丸三日の間の時間を無為に費やし、肝心のチェンケの木には、いまだ辿り着けずのままでいた。

私はついに根をあげてしまった。ホテルのフロントに相談を持ちかけ、運転手つきの車を手配することにした。

その日の朝、約束の時間を過ぎても、私はホテルを出発できなかった。手配したはずの車と運転手がなかなか姿を見せなかったからだ。いったいどうなっているのだ、とフロントへクレームを入れ、運転手の家へ連絡をつけてもらったところ、運転手はまだ睡眠中だった、とフロントの男は臆面もなく私に説明した。運転手の青年は一時間以上も遅刻してからホテルのロビーに姿を現した。

青年は、ロビーで待ちくたびれていた私のそばに気おくれのかけらも見せず近寄り、「まだ、気分が悪くて最悪だ！」と訴えた。昨晩、深酒をしてしまったという。なるほど、青年の目は充血しており、吐く息はアルコールくさい異臭を放っている。服装は不潔で、短い頭髪はところどころで逆立っている。黄色にくすんだ親指の爪は三センチほどにも伸びきって、なんとも不快に感じたが、青年の美意識からすると、かっこのいいことのようだった。こんながさつな青年と一日を共にするのかと思うと、出発の気分も急に失せてしまうように感じられた。

年の頃は二十四、二十五と読んでいたが、十八歳だという。

「おまえは、モスリム・ＫＴＰ（登録上のみのイスラム教徒）か？」

二日酔いだと聞いて皮肉を込めて尋ねると、青年は、自分はキリスト教徒だと答えた。

「モスリム、モスリムだって、冗談じゃない。あんな連中と一緒にしないでほしいね。あんな常軌を逸した連中と……」

オランダとの関係が濃密だったこの土地には、他のインドネシアの島々とは違ってキリスト教徒も多く、市内のところどころでは、屋根に十字架を立てた教会らしき建築物も多く散見できる。

その日に出かけたアンボンのいくつもの名所も、念願かなってようやく目にしたチェンケの樹も、私の心をとらえることはなかった。休む間もない青年の無駄話に注意力を削がれ、落ち着いて景色を楽しむどころの話ではなかったのである。

やがて日も傾き、ホテルへ戻る段になった。青年はとうとうしゃべり疲れてしまったのか、やにわに無口になったかと思うと、しばらくしてぽつりとつぶやいた。

「いい所に案内してあげようじゃないか……」

青年の顔つきから、おおよその見当はついた。

日は急速に傾きはじめている。岸辺で反射する陽光はすでに日中のそれではなかった。砂浜にぽつんと一つだけ居座っている巨大な岩のそばで二人の少年が追いかけっこをしている。海側の道端に車を停め、青年は私の方を横向いて卑屈に目配せをした。車を降り、海辺へ続く急な坂道を青年の背中を追いながら砂浜の方へ急いだ。

砂浜から見上げる急傾斜の山肌には南の島特有のセピア色の夕日が差している。道路下の岩場でへばりつくように軒を連ねる木造の家屋。砂浜から見上げるそこには、アンボンの鮮やかな自然とはまるで不釣合いに、いかにも陰鬱とした印象の女性らがたたずみ、そして射るような目つきで私らを凝視していた。視線が合うと彼女らはいかにもそれふうの薄笑いを私らに返した。

青年は常連客の一人に違いなかった。いかにもこなれた様子で、家屋の廊下の入口に陣取る男に何やら二言三言耳打ちすると、私のことなどまるでお構いなしに、薄暗い廊下をずかずかと奥の方へ直進し、何のことわりもなく、あっさりと部屋の中に引き込んでしまった。廊下に面する二〇ばかりの扉はどれも拳二つ分程度に開いており、垣間見える薄暗い部屋の床にはあらゆる小物が狭々しく並んでいる。薄水色に塗られた壁にはカレンダーが貼り付けてあったり、バティク模様の布キレが吊されてあったり。中にはテレビの置いてある部屋もいくつかある。どうやらこの長屋は彼女らの仕事場兼住居のようだった。私は途方に暮れた子どもみたいに、暗く、湿っぽく、やたらと長い廊下を行ったり来たりしたが、ついにそんな気分にはなれず、逃げ出すような体で、女性たちの視線を振り切り、見張り番の言葉にも耳を貸さず、苔むした階段を滑り降りて砂浜の上へ躍り出た。

何事にも関心を失ったような虚ろな表情、皮膚病を患ったような血色の悪い肌。服装は派手ではあるが安っぽい。彼女らの身の上に好奇なものを感じ、倒錯した欲望のようなものを感じないでもなかったが、それも彼女らの無気味さに打ち勝つことはなかった。私は遠く離れた岩場にたたずんで、ときおり近くの小石を海に放り投げたり、無意味に砂浜を蹴飛ばしたりしながら、退屈な時間を過ごさなくてはならなかった。

あたりはすっかり夕闇におおわれてしまった。街灯一本見当たらない浜辺では、遠くの何かを識別するのも、足許近くを確認するのも容易でなかった。私は長屋の廊下からこぼれ出る薄明かりに目を凝らし、青年が姿を見せる瞬間を今か今かと苛々しながら待ち続けた。一時間以上もたってから青年はジーンズの前ポケットに両手を突っ込んでもそもそしながら、ようやく姿を現した。彼は岩場に座り込んだ私には気づかず、車の方向を目指して、何ら急ぐ様子も見せず、私の二〇メートルばかり前方を、ゆっくりとした足取りで通り過ぎて行った。

私は岩場から腰を上げ、青年のあとを追った。

「ずいぶん、遅かったじゃないか！」

青年の背後に忍び寄り、非難の響きをにじませて言ったつもりだった。

ぎょっとして振り向いた青年は私の姿を認めると、何ら臆することなく即座に言った。

「どこをほっつき歩いていたんだい？」

「何だと、ずいぶんふざけたことを言ってくれるじゃないか！　客の俺様にことわりもなく、まちぼうけを食らわせやがって！」

青年は私の不機嫌を察したようだったが、私に対する申し訳なさはまったく感じていないようだった。口の端をつり上げ、さも馬鹿にしたように顎で車の方向を指して私をうながし、青年は歩き出した。

胸内に煮えくり返る感情が渦巻くのを感じた。客としての当然の権利を断固として追求してみようかとも考えたが、その先には少しのメリットもあるとは思えなかった。

暗い夜道を宿泊先のホテルへ向かって走りながら、青年とは一言も言葉を交わさなかった。

車窓から眺める島の起伏にはぽつぽつとした明かりがまばらに連なっていて不思議な風情をかもし出していたが、それを味わう平静はなかった。車内に流れ込む風は日中の熱を失い涼しくも感じられたが、心地良くはなかった。

島の起伏を登り続けていた車がようやくその頂上部へ達すると忽然《こつぜん》と視界が開けた。街の中心部の無数の明かりはこの島の辺境ぶりをあらわにしているようで侘《わび》しかった。

　青年は曲がりくねった下り坂の夜道を重力にまかせ、ますます調子づいてアクセルを踏み込んだ。彼は、私のからだが右に揺れたり左に揺れたりするのを楽しんでいるようであった。扉の取っ手をつかんでからだの揺れを抑える。徐々に高度を下げ滑り降りるように進んで行く車中で私は、もう明日には帰らなくてはならない現実に思いをめぐらせた。旅の終わりに感じる郷愁のようなものは微塵もなかった。いったい何がいけなかったのだろうか。いい出会いに恵まれずツキがなかっただけだとやり過ごしてしまうには悲しかった。ある種の悔恨《かいこん》が一抹の寂しさと重なって胸内に渦巻いた。私は横目で青年の表情の細部を盗み見ながら、何らかの手立てがなかったのだろうか、彼らアンボン人ともう少しうまく付き合う方法がなかったものか、と自問を繰り返していた。

メナドの女《ひと》

国外に移住した中国人。華僑《かきょう》と呼ばれる彼らがインドネシア国において果たしている役割は多大なものがある。それはまた、はたから眺めていて興味深いものがある。国内の金融界や流通界に独特の情報網を持ち、独自の手法で強固な共同社会をつくり上げている。

閉鎖性の強い華人社会においては、プリブミと呼ばれる先住インドネシア人との婚姻はタブーであるという。抑えのきかない恋愛感情にかられ、周りの反対を押し切りプリブミとの結婚を強行する者に対しては、一族からの破門という手厳しい制裁が待ち受けている。

人口比率では、三パーセント前後にしか過ぎない中国系インドネシア人。国民の四割近くが貧困層と言われるこの国にあって、彼らだけは別格だとの印象を受ける。カリマンタン島あたりにゆけば極貧に苦しむ中国系インドネシア人も多くいると聞くが、そんな輩を探し出すのは、天然記念物イリオモテヤマネコを見つけるよりも難しいのではないか、と私には感じられてならない。

中国人の商売上手には恐れ入るものがある。

例えば、こうだ。私は日頃、アタッシュケースを仕事用の鞄として使っている。鍵つきの鞄でなくては、ちょっと目を離した隙に中のモノを物色されることがよくあるからだ。二年近くも使い込んだ私のアタッシュケースは、手提げの握りの部分と下部の四つ角に傷みが見えはじめていた。それを見つけた部下の一人が私に申し出る。

「ここの皮が剥がれてますよ。修理してあげましょうか？……」

牛革の剥げた箇所を接着剤を用いて応急修理してあげよう、と彼は親切心で申し出ているのだ。

しかし私は答える。

「必要ないね。そのうち買い換えるつもりだからね。日本に一時帰国したときにでも――」

人に言われるまでもなく、自分のアタッシュケースの傷み具合には気づいていた。他人からそれを指摘されたことによって、やはり早めに買い換えようと私は思ってしまう。

すると二、三日後、宿舎に私宛の贈り物が届いている。贈り物の包装紙の表面には、私の名前が記されたカードが銀色のデコレーションテープで貼りつけてある。送り主の名前はどういうわけだか書かれてなかった。この不意の贈り物はいったい誰からのものなんだ、とメイドのヤティに尋ねると、アゴンさんからだ、と彼女は答えた。下請業者の社長――アゴンが日中にやって来て置いていったという。包みを開けて見ると、小綺麗な白い布袋の中に黒いアタッシュケースが収まっている。金メッキの施された鍵のポッチ、内部に縫いつけられたベージュ色のなめし革、すべりのいいチャックも、ペン差しのデザインも、とてもいい感じだ。
二、三日後の私は、その贈り物を早速使いはじめていたが、むろん前もってこんな贈り物の申し出をされたなら、私は丁重にお断りしていただろう。きっと彼はそんな私の性格をも見抜いている。大して気にそわないちゃちなモノだったなら、そのまま返してもいただろう。だけれども、そのアタッシュケースは、私の気持ちを惹きつけてやまないブランドものの高級品だったのである。

しかし奇妙である。あまりにも出来過ぎた話だといえないだろうか。あの日の私と部下のサロニーとのやりとりの場に、送り主のアゴンはいたわけではない。単なる偶然か。それとも、サロニーは、あのアゴンの隠れた回し者だったというのであろうか。

一週間後の契約交渉の席で、私は贈り物のそのアタッシュケースの件については一言も触れなかった。アゴンもまた、それについては何一つ口にしなかった。契約交渉は個室でたんたんと通常通りに進められる。だがしかし、何かがいつもと違う。何かが明らかに違っている。私は今回のこの契約だけは一刻も早く終わらせたくて、知らず知らずのうちにずいぶんと甘い契約交渉をしている有様なのだ。

こんな手際の良さは、プリブミのビジネスマンには到底できないことである。

名前は忘れてしまった。交換し合ったはずの名刺もどこでなくしてしまったのか見当たらない。仕方がないので、彼の名前を劉《りゅう》さんとしておこう。彼もアゴンに劣らず、うまい男だった。シンガポールの企業に勤める営業マンの劉さん。その日、私らは劉さんから食事会の招待を受けていた。場所はホリゾン・ホテル一階のシーフード・レストラン。彼は一人の友人を同伴して会場に姿を見せた。日本語もインドネシア語もできない劉さんは、私らとは面識のないその男を通訳がわりに連れてきたのだと紹介した。一見して中国系だと知れる大柄な男である。男はシンガポールでの留学時代に劉さんと知り合ったという。国籍はインドネシア。年齢は、まだ三十歳にも満たないであろうに、しかしベンツの最高級車をすでに所有している。

彼の名もまた記憶に残ってないので、仮に郭《かく》さんとしておこう。

食事会の出席者は、社内の先輩ＳさんとＯさん、そして劉さん、郭さんに私を含めた計五名である。普段、食する機会のあまりないロブスターや蟹や車エビやらを遠慮なく注文し、会はにぎやかな笑い声とともに愉快にとり行われていた。

テーブルに出された料理をひと通り平らげたあと、郭さんが私らに向かってぽつりと尋ねた。

「みなさん、世界の三大美人産地をご存知ですか？」と。

みんなの視線が郭さんに集まった。こういう類の話題は、大概の男たちが非常に好むところのものではないだろうか。郭さんは自分の持論を披露する前に、みんなの意見を求めた。

最初に自分の見解を述べたのは、Ｓさんだった。

「スペイン、スペインで決まりだろう。あとは……」

Ｓさんはそれ以上の国がどうにも思い浮かばないようだった。

「うーん、やはりスペインは間違いないだろうな。それとあとは……東欧あたりのどこかの国、忘れたなあ。そして中国人女性も悪くないなあ」

Oさんがノスタルジックにしみじみとつぶやいた。

郭さんは相手が日本人だと、常々「あなたさん」という人称代名詞を好んで使用しているようである。

「ところで、あなたさんはどう思いますか！」

郭さんはクイズ番組の司会者のような格好で、私をうながした。

「スペイン、ロシア、ルーマニア……見方によっては中国。日本人女性も欧米人からは、けっこう人気がありますよね……」私は即座に自分の意見を述べた。

私の返答が得られると、お猪口《ちょこ》の中の紹興酒《しょうこうしゅ》をグイッと飲み干してから、郭さんは言った。

「まあ、みなさん。なかなかいいところをついてますね」

みんなの視線はさっきから郭さんの方ばかりを向いている。じりじりとして郭さんの見解を待っているのだった。それを知っての郭さんは、わざとらしく勿体ぶってすぐには答えない。両手を叩いて給仕を呼びつけ、紹興酒の追加を頼んでは巧みにじらしにかかる。

「じゃあ、みなさん。これから答えを申し上げましょう」

やっとのことで郭さんが、そんなふうに語り出すまでにずいぶんな時間がかかっていた。

「まあ、スペインはさすがに外せませんでしょうね。しかし、みなさん。国名のみで答えるのはあまり賢明だとはいえませんね。人というのは、同じ国でも地域によってずいぶん違ってくるものですから。国というのは、いくつもの民族を抱えているのが普通ですからね。単一民族の国など探すのが難しいくらいです」

　郭さんは新たに注ぎ足された紹興酒のお猪口にちょびっと唇をつけた。

「話を戻しましょう。そうスペイン、スペインですね。スペインのアンダルシアの女性は美しいですね。目鼻立ちが抜群です。しかし残念ながら、彼女らは、世界第三位と言わざるを得ません」

　それを聞いたSさんはあとを聞かずに反論した。

「いやいや絶対に彼女らが世界一でしょう。スペイン娘に勝る女性がいるとは思えません」

「まあまあ、続きを聞いてみましょう」とOさんはSさんの反論を制止した。

「それでは、世界第二位。これもまあ、簡単だったようですね。そうです、中国人。しかし、中国のハルビン。ハルビンに限ります。ハルビンの女性の肌は極上ものです。白くてなめらかです。水のせいかもしれません。ハルビンの水はマコトに不思議なもので、美人を生み出す聖水なのです」

　Sさんが横から口出しをした。

「郭さん、知ってましたか。Oさんの妻は中国人なんですよ。Oさんの妻は混じりけなしの中国人なんです」

「そうですか。それは素晴らしいですね——」

　郭さんは大袈裟に目を見開いて賞賛の声を上げた。

「どちらですか、中国のどちらですか。奥さんのご出身地は？」

「まあ、どこなんでしょうね。国籍はインドネシアですから。本人は、自分のことを客家《はっか》だと言ってますけど……」

Ｏ氏は照れ臭そうに答えた。

「いやそうですか。客家もいいですね。彼らは実に優れてます。クレイバーです。商売上手です。事実、私たち華僑の中でも、客家は一番です。彼らの多くは相当な成功者ですからね」

郭さんの賛辞にＯ氏はさも満足そうだった。Ｓ氏が笑顔を絶やさず聞き役にまわってばかりの劉さんの方を向いて訊いた。

「劉さんの祖先はどちらなんですか？」

「いやいや、うちは副健省です。先祖代々の農民です。おかげで私もしがない会社勤めの営業担当どまりですから……」

みんなどっと笑った。劉さんは常にその場をもりあげようと片時も気を抜いてはいなかった。

「郭さん、話の続きを聞かせてもらいましょうか」

Ｓさんがうながした。

「さあ、いよいよ世界第一位ですね」

郭さんはまたもや話を中断し、紹興酒のお猪口を指でつまんだ。お猪口を口許にやる前に、郭さんは背筋を伸ばして私らのお猪口の中を覗くような仕草を見せた。郭さんは、テーブル近くの柱の脇でぼんやりと突っ立っている給仕を自分の傍らに呼んでは叱りつけ、声を潜めてみんなのお猪口に紹興酒を注いでまわるように指示をした。紹興酒を注ぎ終えた給仕は、再度郭さんから手招きを持って呼びつけられ、客のお猪口の中、紹興酒の減り具合への気配りを決して怠らないようにとの注意を受けた模様だった。給仕は平身低頭、自分の至らなさを詫びて柱の脇に退散した。

郭さんはようやく安心して、自分のお猪口に唇をつけ満足そうに目をつむってグイっとやったあとで話を再開した。

「さあ、みなさん。いよいよ世界第一位です。これはみなさん、実のところを申し上げますと、意外にも、インドネシアのある地域の女性なんです」

みんなは一斉に驚いたように、エーッと、郭さんの顔を見つめた。みんなのその声の中には、一様に不満の響きがあった。すでにこの土地に二年以上も暮らしている私にとっても、到底信じられないことだった。

そんな私らの思いにはかまわずに、郭さんはくどくどと己の見解を熱く語りはじめた。

「インドネシアには約三〇〇の部族が暮らしているということは、みなさん、きっとご存知なことでしょう。そうです、みなさん。スラウェシ島のメナドこそ、あのメナドこそ、世界一の美人の産地なのです」

私らは即座に反論の言葉を郭さんに浴びせた。

「メナド出身の女性なら、うちの会社の従業員にだっています。メナド出身の女性なら、すでに幾人も見知っています。しかし……」

私が言いよどむのに続けて、Oさんが叫ぶように言った。

「確か、あの労働ビザ担当の、あのイブ・ヨコもメナドの出身だろ――」

イブ・ヨコはとても美人とは言いがたい年齢不詳の肥え過ぎた女性である。ときおり社内に顔を出す外注業者の事務担当。私ら三人は、互いの顔を見合った。

「ケッ、あんなのただのオバサンじゃないか！」Sさんが叫んだ。

だがしかし、郭さんはゆずらなかった
「ジャカルタで暮らすメナドの女性なんて偽者ばかりです。あんなものはすでに多くの血の入り混じったすれっからしばかりです。ジャカルタに暮らすメナド出身の女を基準に判断してはなりません。純粋のメナドの女性は、もう言葉も出ないほどの美しさです」

メナドの女性が、バンドンの女性と並んで現地の男性から人気があるのは以前から知っていた。確かに色白で美形の部類には入るだろう。だがそれは、あくまでも国内の他の種族と比較しての美しさであって、それ以上のものではないというのが私らの認識だった。まさか世界一の美人の産地がメナドだとは私らには到底納得のゆかない結論だった。郭さんは、さらにくどくどとメナドの女性の素晴らしさを説きはじめたが、もう私らの誰もが真剣には聞いていなかった。郭さんはついに業を煮やして、こう結んだ。

「私の話が嘘だと思うなら、今度行ってみてください。ぜひメナドへ出かけてみてください。私の言っていたことが事実だったと、きっと理解して頂けることでしょう。きっと、納得して頂けることでしょう」

郭さんの説明は説得力に欠けるものであったが、それでもその時、私はある決心をしてこう考えた。

そうだ、今度の年末年始の休日には、ぜひメナドへ行ってみよう、と。


宿を取ったのは、市内中心部のホテルだった。

長い飛行時間、そして空港からの移動に疲労して、ホテルの部屋の中へ入るとすぐにベッドの上で仰向いた。何かを考えるでもなく、ただぼんやりと天井を眺めていた。

部屋に差し込む陽光がやにわに異様な赤みを帯びはじめたのに気づいて、ベッドから起き上がった。レースの白いカーテンを横にすべらせ、窓の外を見た。空一面があらゆる色合いに染まっている。ぶくぶくと厚みのある目近の入道雲は黄色に染まっている。東の空のそれは今にも雨が降り出しそうに黒い影をはらんでいる。雲の間で垣間見える空は不自然に青い色のままだ。西の方の空は建物の影に隠れてよく見えなかった。建物の上に広がる空は黄金色だった。せり上がった山肌に軒を連ねる家屋はどういうわけだか空の色とは違って橙色に映えていた。

私は部屋を飛び出して階段を駆け降りた。急いで海岸を目指した。表通りを小走りで横切り、勇み足で路地裏を歩いた。セレベス海を望む護岸へは道を迷うこともなく出れた。

水平線に沿って薄く連なる雲の影に、陽はもう間もなく姿を隠そうとしていた。

夕焼けの美しさで定評のある場所はインドネシアにも数多くある。バリ島のタナ・ロットにクタ・ビーチ、ロンボック島のスンギギ海岸、フローレス島のラブハンバジョー。アンボンの夕焼けも素晴らしかった。数え上げれば切りがないほどだ。でも、ここの今夕のそれは、今までのどれに比べても格別だった。見渡せるさざ波までもがきらきらと黄色に輝いていて、いくら見ても見たりないほどの美しさである。私は防波堤の末端まで走ってそこに腰を下ろし、陽が沈んであたりがすっかり暗くなるまで、西の空とその海、そして視界に入るすべての細部に目を凝らし続けた。

二隻の小舟が北から南の方に進んでいた。釣り糸を垂れていた大人たちが、一人また一人と帰り支度をはじめた。近くで棒切れを振りまわし追いかけっこをしながらはしゃいでいた少年らが、いつの間にかいなくなっていた。この場を離れるのが何だかもったいないような気になり、誰もいなくなった防波堤の上で、私はなかなか腰を上げれずのままだった。水平線が見えなくなるまでは、ずっとそこにいたい気分だった。

やがて何も見えなくなった。そこで私はようやく部屋へ戻ろうと決心がついた。膝に置いていたカメラをケースにしまった。

とその時、背後から私に声をかける者があった。

「トゥアン・ダリ・マナヤ（おまえさん、どこから来たんだい）」

不意の声に驚き、思わず首をすくめ、身を引くような姿勢で後ろを向いた。薄闇の中のその青年は、すでに私の背中に触れんばかりの近距離にいた。

月光の下で認められる青年の身なりは粗末だった。くすんだ長袖のシャツを着ている。だぶだぶのジーンズは青いのか黒いのか、よくわからなかった。黒っぽいベルトの先はだらしなくよれて股の近くまで垂れていた。

意表をつかれた私は、言葉を詰まらせて青年を見つめた。

「トゥアン・ダリ・マナヤ」青年は繰り返した。

「ジャカルタ、ジャカルタから……」

「ジャカルタだって？」

青年は頓狂《とんきょう》な声を上げながら、私のそばに腰を下ろした。青年は薄気味悪いほどの親しさでじろじろと私の顔を覗き込んだ。

「インドネシア人にも見えるけど、そうじゃないんだろ」と青年は訊いた。

「国は日本さ……」

青年は驚嘆の声を上げて、私の傍らに腰を下ろした。

「メナドは初めてかい」

青年は薄気味悪いくらいに私の顔を見つめていた。

「そう、今日。ほんの数時間前に着いたばかりなのさ……」

私は青年の視線から逃げるように真っ暗な海を向いてから答えた。

青年は私のそばに互いの腕が触れるくらいに、にじり寄って来た。

「ダイビングが目的なのかい」

「いや、そういうわけでもないね。……ダイビングまではやる予定はないね。だいいち一度もやったことないからね」

青年の汗臭さが気になった。

「ここまで来てダイビングをやらない外国人なんて珍しいね。もったいないね」

青年はブナケン島周辺の海の素晴らしさを語りはじめた。私は青年の話に退屈を覚え、早めにその場を立ち去りたかったが、そのきっかけを見出すのは難しかった。

青年は親しげに私の膝の上に自分の手を置いてきた。青年の話は延々と続いて、いつまで続くのか予測もつかなかった。私の膝の上に載った青年の手は、間もなく怪しげに動き出した。用心深く、しかし確実に、青年の手は私の膝の上から内側に進んでいた。私は青年の顔を覗き見た。その刹那、青年の手は止まった。

「トゥアン・マウ・イスティラハット・カー（どこかそこらあたりで、休憩でもしないかい……」

青年は、私の耳許に自分の唇を触れんばかりに近づけて訊いた。青年の吐息の感触が気持ち悪くて、私は身を横に逃がした。

いったい、この男は何なんだ。頭のイカレタやつなのか。

私は男を睨みつけた。

男の視線は真剣そのものだった。

この男はバンチー（オカマ）なのか。

青年の左手は私の膝の上に置かれたままだった。私はこの男のそばから立ち去ろうと決めて、彼の左手を振り払った。カメラの紐を首にかけ、私は立ち上がろうとした。と、その時、青年は突然私に抱きついた。青年のべっちょりとした舌が咄嗟に私の右耳に吸いついた。青年の左手は私の首にまわり、右手は私のイチモツを包み込んでいた。

私は力まかせに青年をはねのけた。

「クナパヤ（どうして）？」と青年は私を凝視して言った。

私は無言で青年を睨み返した。

「クナパヤ？」青年はもう一度繰り返した。

「興味ないね」私ははっきりと答えた。

私は腰を上げ青年のそばを離れた。右耳の粘り気を袖口で拭いながらホテルへ急いだ。

翌日はホテルの主人の誘いに乗って朝からブナケン島へ出かけた。

スラウェシ島北端の街メナド近海には、世界的にも有名なダイビングスポットがいくつもある。ブナケン島近海のドロップオフは世界最大級で水深一六〇〇メートルにも達するという。メナドの北方四六〇キロ先はもうフィリピン領土だ。ブナケン島へ向かう途中、二メートル級のメカジキがチャーターボートの横で並走してきたのには驚いたが、ブナケン島の美しい海も私の気を惹くことはなかった。ブナケン島の海でスキンダイビングに興じているうちに、こんなことをしている余裕はないのだとはたと気づいた。そもそもダイビングが目的でメナドにやってきたわけではないのだ。私はわずか三十分でスキンダイビングを切り上げ、船頭の男を捜した。船頭は茶店のテラスで片膝を折って木柱にもたれかかり、煙草をふかしていた。

「すぐに出発の準備をしてくれ、メナドの街に今すぐオレを戻してくれ」

　男は唖然として訊いた。

「どうしたんだ。何があったんだ……」

　大事な用事を忘れていたのだ、と私は説明した。

「時間を早く切り上げたからといって……」

　男は面白くなさそうに言い淀んだ。夕方五時までの約束で二五万ルピア。男はボートのチャーター代を値切られるのを心配しているようだった。

「何も心配しなくていい。こちらの勝手な都合だからね」

　男は安堵の笑みを見せて出発の準備に取りかかった。

　メナドの港には、午後の一時前には着くことができた。私はホテルに戻ってシャワーを浴びてから、すぐに街の中心部へ繰り出した。そこらじゅうのデパートや商店街を隈なく見て歩いた。しかし、郭さんが話していたような女性はどこにも捜すことができなかった。

　その次の日も再度、早朝から街の中心部を見てまわった。それでも、やはりそれらしき女性にはまったくお目にかかれない。歩きまわるのに疲労感を覚え、冷房の効いたデパートへ入りアイスレモンティーをすすっているときに、あることに思い当たった。しょせん街中にいるのはよそ者の商売人ばかりではあるまいか。

午後からは市内バスを手当たり次第に乗り継いでみることにした。ひょっとすると、メナドの美女は郊外の田舎に潜んでいるのかもわからないと考えたからだ。

しかし、メナド郊外のどの村に寄ってみても、それらしきメナド美人の姿はやはりどこにも見当たらなかった。

街へ帰るバスの中で、郭さんのあの時の真剣な顔を思い出してみた。郭さんはホントにこの街を見てまわったことがあるのだろうか。やはり、営業的におもしろおかしく、でっち上げた話だったのか。

海沿いの市場の近くでバスを降りた。海岸沿いの道端を歩いていると、悲鳴に似た遠吠えが聞こえた。それは砂浜の方から聞こえていた。いったい何の声だろうと近づくと、半ズボンにサンダル姿の男が棍棒を振り下ろして犬の脳天を殴っていた。押さえつけられた犬が恐怖に怯えた悲鳴を上げているのだ。犬は悲痛な声を上げながら、すぐにぐったりとして目を見開いたまま動かなくなった。男は犬の腹をナイフで裂いて、内臓をバケツの中にかき出した。男はそれ以上の解体は施さず、焚き火の中へその犬を放り投げた。犬は焚き火の中で黒焦げになり、炭のように固まっていった。男は、その黒焦げになった犬を棒切れを使って何度もひっくり返してみたり、突いてみたりした。いい具合に焼き上がると、男は犬を焚き火の外へ押し出した。砂浜際の道端には檻《おり》に入れられた犬が数十匹もいた。ぎゅうぎゅう詰めにされた犬たちの周りには無数の銀蝿が舞っていた。犬たちは自分の運命を知っているのか、すでに死を覚悟したように虚ろな視線を地面に落としている。

メナドでは犬が食できるのだと以前から知っていたが、私はすっかりメナド美人にかまけて、それを忘れたままだった。犬の肉というものは、いったいどんな味がするのだろうか。

「この犬の肉というやつは、いったいどこへ出向けば食することができるんだい?」

私は近くの男に尋ねてみた。

男は市場の方を指差して、あそこの店さ、と素っ気なく答えた。

今晩の夕食は犬料理に挑戦してみよう。すっかり嬉しくなって、メナド美人などどうでもよくなって市場の喧騒を覗いてからホテルへ戻った。フロントで部屋の鍵を受け取ってから、冷えたビールを三本買った。さんざん街を歩きまわったあとのビールは最高にうまかった。あまりの気持ち良さに私は昼寝をしてしまった。

目が覚めると、部屋の中は真っ暗だった。私ははっとして飛び起きた。慌てて電気をつけて時計を覗き見た。九時を過ぎている。

私はすぐに部屋を飛び出して、市場へ急いだ。

どの店もすでに表戸を固く閉じている。いるのはゴミ漁《あさ》りの野良猫くらいだ。犬料理の店もとっくに営業を終えていた。私は仕方なく、いったんホテルへ戻った。フロントの店員に、犬料理の食える店を教えてくれ、と尋ねた。こんな時間に開いてる店はどこにもない、と店員は答えた。私はがっくりと力が抜けて、ホテルの食堂で、ミーゴレンを頼んでビンタン・ビールを飲みながら、ふて腐れ気分で、それを食った。このまま部屋に戻っても穏やかに眠れる気分になれないのは明らかだった。

私は再度フロントの店員を煩わし、メナド一番のナイトスポットを尋ねた。

ヨス・スダルソ通りのディスコ。店の内装は安っぽいが、大変な繁盛ぶりだった。通路を歩くのも往生なくらいだ。空いてる席など一つもない。ダンスフロアはむせている。これだけの人間がいれば冷房の効きも悪い。踊り疲れて汗をかいた連中は、壁際の冷房機の前にたかっている。冷風の吹出口の前でシャツの前をつまんでパタパタしている。客の八割は男だ。脂ぎった色黒の男ばかりだ。ウィスキーコークを三杯飲んだだけで酔いがまわってきた。店内の淀んだ空気のせいかもわからない。換気設備はどこにも見当たらない。ミラーボールの周辺は煙草のけむりでもやっている。

私はたまりかねて店を出ることにした。外気に触れると気管支のあたりにスーッと爽快なものが走るようだった。重ったるい感覚もやはり空気のせいだったのかもしれない。夜道を歩いているうちに、もやもやとしていた頭もはっきりとしてきた。時計の針は午前の一時をまわったばかりだった。私は道端の屋台で腹ごしらえをすませてから、またふらふらとネオンの明かりの方に向いて歩いていた。気の安まる店など一つもなく、いくつもの店を出たり入ったりしているうちに午前三時を過ぎてしまった。もうそろそろホテルに戻るべきだろうかと考えながら、どうにも満たされない気分でコンクリートブロックの塀に尻をのせ涼んでいると、傍らの青年が興味深げに話しかけてきた。青年はいい店に案内してくれるという。

しかし、彼の案内してくれたその店は、ただのカラオケバーだった。私はビールを一本飲んだだけで青年に告げた。

「もう帰ることにするよ」

青年は私をホテルまで送ってくれるという。すっかり疲れてしまって断る気力も失せていた。ホテルの前に着くと、私は青年にお礼を言った。青年はホテルの扉まで押してくれた。

フロントで部屋の鍵を受け取り、明日の朝は七時に起こしてくれるようモーニングコールを頼んだ。青年はロビーの広間でたたずんでいた。私が階段をのぼりはじめると、青年は私の後ろからついて来た。階段をのぼる間、青年はずっと無言でついてきた。私はもう激しい睡魔に襲われはじめていた。時間はもう午前の四時を過ぎていた。いよいよ四階までのぼって自分の部屋の扉の前に立ってポケットから鍵を取り出そうとすると、青年が慌てて近寄って来た。

「ミスター」と青年は私を呼び止めた。

「ミスター、いっしょに、いっしょに泊めてもらってもかまわないかい?」と青年は訊いた。

「帰る場所がないのかい、泊まる場所はないのかい」私は尋ねた。

青年は首を振った。

「小遣いが欲しいのかい」

そんなことじゃないんだと青年は激しくかぶりを振った。青年は思い切ったように私の腕に触れて嘆願するように言った。

「何をしてやってもいい。マッサージだってできるし……」

青年は一瞬、躊躇いがちな仕草を見せたが、すぐに続けた。

「ホントに、ホントに何でもやっていい……」

青年は次の言葉がどうしても言い出せないようだったが、意味することはピンときた。一昨日の夕方のあの青年とまったく同じ目つきだったからだ。私は腹立ちまぎれに、この青年をからからってみようかという思いにもかられたが、やはりそんな気にはとてもなりえない相手だった。色白の美少年が相手ならまだしも、目の前の男はドブネズミ色の肌をした貧相な青年なのだから。

「すまないが、オレは疲れてるんだ。今日は楽しかった。どうもありがとう、いろいろと案内してもらって……」

青年は呆然と立ちつくしていた。私は部屋の中へ入ってしっかりと鍵をかけた。

「なんて場所だ。美女どころかオカマばかりじゃないか」

その場にいない郭さんに向かって訴えたい気分だった。

窓の外はうっすらと白みはじめていた。

寝たかと思うとすぐにモーニングコールが鳴った。帰り支度をすませてから朝食を取る。頭は朦朧としていた。私はからだにムチを打ってチェックアウトをすませ、徒労感に包まれながらタクシーで空港へ向かった。

そもそも三泊四日の日程に無理があったのかもしれない。

「メナド人」とは、メナド周辺に暮らす多くの民族の総称だとあとになって知った。「ミナハサ人」

とすると範囲が狭まり、メナドの街とその近郊に住む七民族をさすという。そのミナハサ人はモンゴルに起源があるとの説があるらしい。そのミナハサ人と呼ばれる少数民族の中にこそ、郭さんの言う美女がいるのであろうか。

メナドの女性は世界一、という実感はいまだに得られぬままである。郭さんにその根拠を詳しく尋ねる機会も二度と訪れなかった。

ブロックMのタクシー強盗

二度と思い出したくない記憶というものが、誰にでも一つぐらいはあるはずである。だとすれば、あの晩のあの出来事は、私にとっての、悔恨と口惜しさのあいなった、二度と振り返りたくない出来事だったといえるのかもしれない。

大阪支店のO部長が三泊四日の日程で、現地視察にやって来た。O部長にとっては初めてのインドネシア訪問である。

滞在三日目の業務終了後、O部長を囲んでの食事会を取り持つ運びとなった。場所はジャカルタ中心部にあるボロヴドォール・ホテル内のレストラン。インドネシアの高級料理に舌鼓を打ちながら伝統舞踊をぞんぶんに鑑賞してもらおう、という社内的営業の場をとりつくろうものだった。インドネシア各地の唄と踊りを地域ごとに紹介する趣向の伝統舞踊は、O部長にとってもかなり興味深いもののようだった。華やかな舞台にちらちら目をやりながら満足げに笑みを浮かべ、皿の上に盛られた料理の一品一品を逐一これは何だ？　と尋ねながら物珍しげに口に運んでいた。宴もたけなわで、舞台上の踊り子が客席に向かって手招きをすると、O部長は何ら躊躇することもなく、舞台へ踏み上がり喜びいさんで、見よう見まねの踊りを惜しげもなく披露してくれた。翌日は休日だということもあって、二次会へと繰り出すことになった。出向いた先は、日頃通い慣れたブロックM。そこでの案内役を任されたのは私である。界隈では比較的高級感のあるクラブ形式のカラオケ・バー「異人館」という店を選択したのも、また私だった。

本来なら、近くの駐車場に車を停め、運転手も待たせておくべきところであったが、日頃から残業ばかりで毎日帰りが遅く、運転手の表情にはかなりの疲労が見て取れた。どうしたものかと逡巡したが、先に帰って良い、との指示を出してしまったのが、事の発端である。日本からのO部長が同行しているにもかかわらず、帰りはタクシーで送って帰ればいいではないか、などと安直な判断を下してしまったのだった。

二次会のカラオケ・バーでも愉快な時間が過ごせたと概《おおむ》ね満足して店を出た。

その事件は、私がO部長を宿泊先のホテルへ送る途上で起きた。

以下は実際に、日本領事館宛に送った事件の顛末報告書（一部改稿）である。

一九九五年九月十一日

日本総領事館　殿

事件報告

前略、以前から日本人クラブ発行の小冊子等により、注意の呼びかけを受けておりましたが、ちょっとした油断、まさか自分だけはという気のゆるみから、私当人もまったく同様な事件に巻き込まれてしまいました。幾多もの注意勧告を受けていた上での事件であり、当人としてはまったく恥ずべき心境で、こうして報告致しますのも甚だ気が引ける次第でございます。

しかし、犯人どもの用意周到な計画性等を考慮すると、私のような能天気な不注意者の日本人が存在する限り、いくら注意を呼びかけ、動きの悪いインドネシア警察の対応に期待するだけの現状では、今後ますます被害者の数を重ね、殺人に至る大きな悲劇を待っているようなものだと危惧の念を抱く故、書面をもって報告することに致しました。今後の事件再発防止に役立てて頂ければ幸いだと思っております。

（事件経過）

一九九五年九月九日午前〇時過ぎ。

ブロックM、カラオケ・バー「異人館」前の通りにて客待ちをしていた白色のタクシーに、日本からの出張中であった上司と二名で乗車。クゥイタン通りにあるグランドハイアット・アリュヤジュタホテルへ向かうように告げましたが、乗車後まもなく、車が目的地と違う方向（パングリマ・ポリム通りを南向け）へ走行していることに気づきました。Uターンして正規な進路をたどるよう注意しましたが、運転手はいっこうに聞き入れず、さらに速度を上げて走行する始末でした。そのようなタクシー運転手の不穏な振る舞いに危険なものを感じ取り、声を荒げて指示を繰り返すと、運転手は、ようやく指示に従う素振りを見せましたが、しばらくするとまた別方向の道へ入り込み、ついには人気のない広場にたどり着いていました。ブロックMからそこまでの走行時間は約十五分。その真っ暗闇の広場には仲間二人が事前に待機しており、連中らが瞬く間に車内へ侵入（助手席と後部座席）するのを防ぐ術はありませんでした。後部座席に腰かけた男は、刃渡り二十センチほどのナイフを手にしており、そのナイフの先は片時も私の脇腹から離れることはありませんでした。人通りのない暗がりの道を、その後三十分ほど走行。走行中の車内で金目のものをすべて奪われ、押し出されるような格好で車から降ろされました。車から降ろされる直前に助手席にいた犯人がすばやく車を降り、後部のナンバープレートを引き剥がした模様でした。犯行車が逃げ去る際にナンバープレートや通常タクシーの扉に記されている番号等を確認しようと試みましたが、それらはすべて巧みに処理されており、その車を限定する手がかりは何一つ確認し得ない結果となってしまいました。

被害は、現金約一五〇万ルピア、現金約二五万円、アタッシュケース、電子手帳、計算機、コンパクトカメラ、腕時計二個、靴二足、背広の上着、ネクタイ、財布二個、クレジットカード等。

人体への負傷は幸いありませんでした。


(私見)

犯行の手順が巧みで、これまでに何度も同じ犯行を繰り返しているプロの犯行集団と思われます。犯行を避ける方法としては、言うまでもなく怪しげなタクシーを利用しないことに限りますが、間違って乗車してしまった場合には、運転手が仲間の待機している場所へたどり着く前に、何らかな方法で車を停車せざるを得ない状況に持ち込む以外にない、と思われます（その手法については私感が入ってしまうので省略）。凶器を手にした仲間が加わってしまうと、素直に従って金目のものをすべて奪われてしまうか、凶器を手にした犯人と命を賭けて戦うしかないという不利な選択をせまられる状況になってしまいます。個人的に似たような不注意で強盗に遭ったことは、これまでに何度もありますが、これほどまでに抵抗するきっかけもつかめずに犯人の思いのままになってしまったのは今回が初めてであります。

最後に、ぜひ強調しておきたいと思えますことは、その犯行の巧みさはその手口がわかりきっていたのを差し引いても避けがたいものだった、ということでございます。

（追記）

参考までに、その他感じたことを下記に列記致します。

① 犯人の外見的特徴――全員が、年齢三十歳前後で平均的なジャワ人の風貌及び平均的な肌色。犯人A（後部座席）――肩幅が広く大柄、短髪のスポーツ刈り。犯人B（運転手）――中肉中背、長髪。犯人C（助手席）――小柄な痩せ男、天然パーマふうのウェーヴのかかった髪をしておりました。

② 計画的犯行の典型で、運転手役の男は人気のない暗い道のりを、勇気を出して車から飛び降りようものなら、恐らく大怪我を免れないであろう猛スピードで、ノンストップのまま、最後まで走り通すという凄腕でした。

③ 犯行中は犯人同士の会話はほとんどなく、犯行分担が明確で無駄がなく一種の余裕さえ感じられました。

④ 金目のものを奪われ車の外に蹴り出される直前に、犯人がナイフをおさめたナイフケースは新聞紙で作った手づくりのものでした。

⑤ 犯人Aはグダン・ガラムの煙草を携帯しており、犯行中にも喫煙するほどの余裕があり、その表情及び身のこなしに緊張感はまったく感じられませんでした。

以上、今回の事件に対して自己の不注意を反省しつつも、事件に対する無念を憎悪に発展させることなく、今後ともインドネシア国民と交流を深め、インドネシア国の発展に少しでも役立てるよう全力を尽くしたいと考えている次第でございます。

事件の二ヵ月後、容疑者の身元確認を依頼する電話が警察署から入った。業務中ではあったが、ただちに出かけてみることにした。取調べ中の男を指定された場所から確認することを許された私は、奇妙な緊張感をともなった複雑な心境で、その事件の犯人かもしれないという男と面会する機会を得た。私の前に引き晒された裸足の男は、犯行時に後部座席に腰かけ、私の脇腹にナイフを突き当てていた主犯格の男だった。警察署で見る男の姿は犯行時の堂々とした印象とは違って、何かの小動物が人目に晒され怯えているような情けなさだった。決して私の顔を直視しようとしない男の姿は、犯行時の余裕綽《しゃく》々《しゃく》な印象とは打って変わって、まったく意外だと言わざるを得なかった。どのような場へ引きずり出されても、まったくもって手に負えない厄介者の極みのような連中なんだろうな、と想像して疑わないでいたからだ。

犯人が捕えられた経緯を担当の刑事に尋ねると、彼は思いのほか躊躇なく教えてくれた。その男は同様な手口で日本人駐在員から奪い取った物品の中の小切手を、さっそく銀行の窓口で換金しようと試み、行員から不審がられて警察へ通報され、そのまま逮捕される運びとなったということらしい。

だからといって、私らの奪われたものは何一つ戻ってはこなかったのだが……。

それから数ヵ月後、悲報が耳に入った。ついに殺人に至る事件が起きてしまったのだ。被害者は、帰国を目前にしていた、日本人駐在員。その駐在員は帰国が決定した故に、通勤用の専用車を処分し、やむなくタクシーを利用していたところで事件に遭ったらしい。不運は重なるもので、その駐在員は少林寺拳法の段持ちで体力に自信があったばかりに、犯人に立ち向かって格闘し、刺し殺されてしまったということである。

その報を耳にした瞬間の私は、人事だといってはすまされない戦慄が背中に走るのを感じた。もし、あの晩のあの時、私のそばに大阪支店のO部長がいなければ、私もまた若気のいたりで犯人らに立ち向かい、無為に命を失っていたのかもしれないと思ったからだ。

事件後、さすがのインドネシア警察も重い腰を上げたのかもしれない。例のブロックM沿いの通りでは、しばらく警察が姿を見せない日はなかった。

やがて同様な事件に遭ったという噂話はあまり聞かれなくなった。だがしかし、犯罪による被害件数が少なくなったというわけでもなさそうだった。犯行の手口というのも、刻々と進化するものなのである。このところみられるようになった新たな手口は、パンク強盗だという情報が広がっていた。連中らは、狙いをつけた乗用車に、タイヤが走行中にパンクしてしまう細工をほどこし、車が停車した隙を狙って突撃してくるという。

日本人クラブから毎月郵送されてくる小冊子には、被害状況の詳細を記したチラシがやはり同封されている。同様な事件に巻き込まれないようにとの注意を、これまで通りに呼びかけている。

だがしかし、である。いくらその手口が事前にわかっていたとしても、その場に及んで、そこからうまく逃げ切るのは、懐にピストルでも忍ばせていない限り、私には至難の業だと思えてならないのである。

イーダからの手紙

プリブミとの婚姻は、インドネシアの華人社会において一族からの破門に直結すると先に書いたが、そんなタブーを犯してまでも、プリブミとの結婚を強行する中国人男性は数多くいるという。だというのに、その逆の例、つまり中国人女性がプリブミの男性を夫に選んだという話はほとんど耳にすることがない。

インドネシアの女性と結ばれた日本人男性はそこらじゅうにいるが、その逆の組み合わせとなると、これまた非常に珍しい。その数の割合は男性に引き比べ、おそらく一〇〇分の一にも満たないのではないだろうか。

異民族間の婚姻におけるこの傾向は、どの国においても感受できるように思う。例えば、白人対日本人の場合を考えてみても、この傾向はかなり明白ではないだろうか。

白人男性と結ばれた普通の日本人女性は数知れないほどだが、白人女性を嫁にできた普通の日本人男性などそう容易には見受けられない。

こういった類のものに統計のようなものがあるのかわからず、ここに正確な数字を上げて論じる術を知らない。よって、あくまでも私的な判断以上のものではないが、それでも私はある確信を持って、こう考えている。

「人種的及び階級的優劣に対しては、男性よりもずっと女性の方が敏感である」と。

二十五歳を過ぎてもまだ未婚という女性は、インドネシアではきわめて珍しい。社長秘書のイブ・アンジャニーは、ゆうに三十歳を越えているというのにいまだ独身のままである。際立った美女とはいえないが、不美人というわけではない。仕事はきちんとこなすし、女性らしい思いやりも心得ている。結婚に不都合な何かを抱えているような女性では決してないのだが、彼女の存在は社内でもかなり浮いている。他のすべての同僚が、ごく一般的な庶民層だという中で、彼女だけが良家の生まれだからというのが大きな理由のようである。

彼女はバリの王族の娘で、仕事などしなくても悠々と暮らしてゆけるそんな身分の女性だという。だというのに彼女は、いつも物憂げで淋しそうである。貧しくとも底抜けに明るく、うるさいくらいに落ち着きのない女性従業員の中でひとり、彼女だけはいつ見ても寡黙で、特別の用でもない限り自分の机の前からほとんど動こうともしない。

机に向かってペンを走らせていても、何かの書類に目を通していても、彼女の心はいつもそこになく、別の世界を浮遊しているように見える。何かの都合で不意に声をかけたりすると、彼女は理不尽に平穏を阻害された者のように、こちらがびっくりするほど驚いた顔で見つめ返してくることがしばしばあった。そのたびに私は、一度口にしたことを、再度繰り返して言わなくてはならなかった。

ある日、社内の社長室で彼女とたまたま二人きりになったとき、彼女はこれまでに見せたこともない恥ずかしげな顔つきで、瞳に熱いものをにじませて、ぽつりとつぶやいた。

「あたし、外国人の方と結ばれるのが一生の、そして唯一の希望です……」

その言葉を聞いた刹那、私は背筋に冷たいものが走るのを感じた。彼女は大事なことを告白してしまった少女のように視線を壁の方に逃がした。

彼女が、男性にまったく興味を感じない女性でないのはわかった。仕事になど生きがいを見出せる型の女性ではないのは、以前からわかりきっている。彼女はむしろ、男性以外の何にも関心を持たないそんな女性なのかもわからない。

私が突如、沈黙してしまったことで、気の毒なほどおろおろしはじめたイブ・アンジャニー。

きっと彼女は、生涯独身を貫き通すことだろう。おそらく一人の男性も知らずに、人生を終えてしまうことだろう。

カラオケ・バーにおける日本人のモテモテぶりにはおそろしいものがある。

日本に帰れば、おそらく若い社内のOLたちからオヤジなどと陰で呼び捨てにされ、汚い者扱いされているであろう中年男性でも、相当なモテモテぶりである。あまりにも安易に自分の身を捧げ、すぐに真剣な恋に落ちてしまう彼女らの能天気ぶりには、最初の頃、驚かされっぱなしだったが、よくよく考えてみると、しごく自然な現象といえるのかもしれない。なぜなら彼女らが貧困から脱する自分に残された唯一ともいえる可能性は、経済力のある男を物にすることくらいしか方法がないのだから。

チキニラヤ通りのなかほどに、「宝石」という名のカラオケ・バーがあった。店の主は中国系のインドネシア人である。客のほとんどは日本人である。

店内の照明はあらゆる色彩に艶めいて薄暗い。そこだけスポットライトで照らされた舞台では、店の娘を傍らにはべらせ、マイクを握る客が入れ替わり立ち代わりカラオケに興じている。予約を入れずに出かけると、入り口近くの待合室で長い時間、入場を待たされることもしばしばだった。

スマトラ島パレンバン出身のイーダとは、その店で知り合った。肌色はかなり黒いが、細身で目鼻立ちもよく、かなりの美人である。他の娘たちと同様、彼女もまた、知り合ったその瞬間に恋する乙女だった。今になって振り返ってみると、彼女もまた、日本人であれば相手は誰でもかまわなかったのかもしれない。

イーダは積極的な女性だった。すぐに店外デートを自分の方から執拗に求めてきた。断る理由は何もないし、彼女の誘いは嬉しくもあった。待ち合わせの時間を指定するのも、デートの場所を決定するのも、いつも彼女の方だ。彼女はいつも楽しそうだった。彼女のはしゃぐ姿を眺めるのは悪い気分ではなかった。

ある土曜日の晩、彼女は私が帰るのを許してはくれなかった。

「とても疲れちゃったわ、あたし。今日はとても疲れちゃったの……」

そんなふうにつぶやいて彼女は、突然マンガ・ブサル通りを路地裏に折れ、私の腕を引っ張った。行き着いたところは、薄汚い連れ込みホテルだった。

その日以降というもの、彼女はますます積極的になった。教えた記憶もない会社の電話番号を何らかのルートで調べ出し、夕方になると毎日のように電話をかけてくるようになった。そして、これ以上にはできないくらいに甘ったるい声を出して子どもみたいに言うのだ。

「ねえ、今晩もお店に来て、お店に来て頂戴！　きっと、きっと、きっと……」

イーダからの毎夕の電話は私の頭痛の種になった。仕事の都合で約束を守れず店に行けなかったりしようものなら、朝から会社に電話をかけてきて、私の不誠実をなじるのだった。

しばらくして社内に不愉快な噂が立ちはじめたようだった。社内の女性従業員がときおり奇妙な薄笑いを浮かべながら、私に軽蔑の視線を送るようになっていた。私には女たらしのレッテルが張られたようだった。会社だけには電話を入れてくれぬようお願いすると、彼女は私の困り果てた様子を面白がって様々な交換条件を提示するようになった。私はできるだけ彼女と誠実に付き合おうと試みたが、あまりの我が儘に耐えられず、やがて彼女との関係を断ち切ることを決心した。しかしそう簡単には事が運ばなかった。

その日の私は、いつものように彼女からの電話によって呼び出され、ホテルの一室にいた。

彼女が私のからだを激しくぶった。私は日頃の疲労がたまって、ついつい居眠りをしていたのだ。シャワーから上がったばかりの彼女は、バスタオルをからだに巻きつけ、右手に枕を持っていた。その日の彼女は手に負えない子どもも同然だった。夜を徹してシクシクと泣き通しだった。朝方になってようやく泣き止んだかと思うと、彼女は懇願するように言った。

「お願いだから、一生のお願いだから、きっといい娘になるから、あたしをお嫁さんにして頂戴！」

私のことをそんな対象にまで引き上げていたとは考えてもいなかった。とても重い気持ちになった。そんなことは無理だとはっきりと告げると、彼女は大声を上げて再び泣き出してしまった。だが、それ以上彼女の身勝手に付き合っているわけにもゆかなかった。いったい会社の上司に何と説明して休暇を願い出ればいいというのだ。私は、彼女を振り払ってタクシー代を部屋に残し、その場を去った。

その日以来というもの彼女からは、何の連絡も入らなくなっていた。そして、二週間近くが経過したある日、一通の手紙が私宛に届いた。送り主はイーダだった。

手紙の内容は予想していたものと大差なかった。便箋の前半の部分は先日の晩の悶着に対する後悔の念が長々と書かれている。我が儘ばかり言ってご免ね、とも書いてある。便箋の二枚目では家族の不幸を訴える物語が展開している。パレンバンに暮らす母親が病に倒れ、お金がなくて病院にも行けず、困っていると記されている。毎月少しずつ返すので、三〇〇万ルピア貸してほしいと結んである。いつもこうだ。誰もがとはいわないけれど、彼女らとの付き合いの最後に待ち受けているのは、多くがこういう哀しい物語とそのあとに続く高額な援助金の無心。またか、とうんざりして憂鬱な気分になった。しかし、仕方あるまいとも思ってしまう。最初からそれも覚悟で、夢中になっていたのも事実なのだ。三〇〇万ルピアといえば、彼女がお店で稼ぐ一年分の金額にも相当するだろう。それでも、準備してやろうと思っていた。いい想い出をありがとう、と言って渡してやり、それですべてが丸く収まってくれればいいのだが……と願っていた。

私は彼女へ宛てた返事の手紙を書くのをついつい先延ばしにしていた。電話で呼び出されるたびに業務を早めに切り上げ、彼女の店に通っていたおかげで、仕事もずいぶんたまっていたからだ。連日の残業。この機会に、仕事をできるだけ片づけておきたかった。またいつ何時、以前のように電話で呼びつけられるという日常に舞い戻ってしまうか知れたものじゃないのだ。

と、イーダからの二通目の手紙が届いた。

催促の手紙に違いないと封を切ったが、そうではなかった。

彼女は手紙の中で、私のことを警察に訴えると書いてある。強姦罪で訴える、とはっきりと書いてある。一字一字丁寧に、何度も読み返した。

「もし、一週間以内に三〇〇万ルピアを準備して私の前に現れなかったら、あなたはインドネシアでこれ以上暮らすことはできないでしょう」とそこの文章の下だけに、赤のボールペンで二重線が引かれている。

手紙の最後には、追記と書いて、行を変え、こう付け足してあった。

「あたしの叔父は、南ジャカルタ警察署の幹部です」と。

私はこの一行を読んであまりの可笑しさに吹き出しそうになったが、はたとわれに返って、とても哀しい気持ちになった。手紙をひっつかんで部屋に入り、しばらくベッドの上に仰向いて物思いにふけった。彼女と初めて会ったときのこと、いっしょにドゥニィア・ファンタジーのジェットコースターに乗ったこと、そして初めての夜のこと。彼女とのあれこれをぼんやりと思い返した。すべてのものが薄汚いイカサマ行為だったように思えてくるのだった。ゆっくりとベッドから起き上がって机に向かった。書くことは決まっていた。もう私は、イーダには一ルピアさえ手渡してあげられない気持ちになっていた。ありていに書けば、イーダに金をやるくらいならドブに捨てた方がましだ、という気持ちにさえなっていたのだ。

イーダは手紙の中に、「もし、わたしの言う通りにしなければ、あなたは日本へ強制送還されることでしょう」と脅し文句を書いていたが、私には勝算があった。そして、もしこんなことで強制送還になるくらいなら、もうこの国は充分だとも思っていた。辞書を引きながら、何度も書き直しては文を改め、便箋四枚分の手紙を書き終えたのは、午前四時をまわっていた。

便箋の一枚目にはお金を貸してやれない理由を書いた。一枚目の後半から三枚目にかけては、彼女が気持ちを入れ替えてくれるよう最後の望みをかけて文章を綴った。最後の四枚目の便箋には、警察署での再会が最後にならないよう希望します、とだけ書いた。

手紙を投函した三日後、三週間ぶりにイーダから電話が入った。

「どうしたの、何かあったの？」彼女は受話器の向こうで非難がましく叫んでいた。

おかしな手紙をもらったが、どういうことだかわけがわからず非常に不愉快だ、と彼女は私のことをなじった。

君からもらった手紙に対する返事だ、と私が鼻白んで答えると、

「手紙、手紙ですって？」

受話器の向こうのイーダは頓狂の声をあげるのだった。

「あたし、手紙なんか出してないわよ」

「それじゃ、いったい誰からの手紙なんだ、これは……君の名前がちゃんと書いてあるじゃないか」

「冗談じゃないわ、あたしは実家のパレンバンに帰っていたのよ。そしたら、パレンバンから戻って来たら、こんなヒドイ手紙が届いていて、驚いたのよ。ねえ、今から来て、これからすぐに会いに来て頂戴！」

二度と彼女とは会わないことに決めていたが、あまりにも意外な展開に、二通の手紙をポケットに忍ばせ、事の真相を明らかにしたい一心で、彼女のもとへ急いだ。

「元気だった？」

イーダは普段と何ら変わりない笑みをもって私を迎えた。お店はパレンバンへ帰省する前に辞めてしまったという。

「何よ、この手紙……」

イーダは私の胸に私が書いた手紙を投げつけた。私は私で、ポケットから送られてきた二通の手紙を取り出し、彼女の前に投げ置いた。

「何だよ、この手紙は……」

彼女は不敵な笑みを見せて手紙を手に取り、ゆっくりとその内容を目で追いはじめた。やがて彼女は手紙を私の方に突き返した。

「あたしが書いたんじゃないって、さっき言ったでしょ。きっと、イインがあたしに黙って書いたんだと思うわ……目的は訊いてみないとよくわからないわ。今度強く言っておくから、ねえ、こんな手紙のことはもう、すっかり忘れて頂戴！」

イインという娘は私も知っている。イーダの仕事仲間で同居人の一人だ。でも、そんな都合のいい話はとても信じられなかった。だが、それ以上押し問答を繰り広げるのも面倒だった。互いに届いた手紙をその場で破り捨て、この件はお仕舞いにしてしまおうというイーダの提案に異存はなかった。と同時に私は、イーダとの関係に終止符を打つ絶好の機会をも失ってしまったことにはたと気づいて愕然とした。

イーダとのやり取りはその後三ヵ月近くも続いた。

ある日、イーダは私にまったくその気がないのを知ると、今度は別の提案を持ちかけてきた。

「あたし、かまわないのよ。あたし、かまわないの。カウィン・コントラクト——期限付きの契約結婚でも……」

私がはっきりと断ると、彼女はあからさまに不機嫌になった。そして、こんな告白をも付け加えた。自分を恋人にしたいと申し出てきた日本人はこれまでに多くいたけれど、いつも断ってきたのよ、と。それを口にする彼女の表情には、私に対するお世辞よりも非難の響きが強くあった。彼女がわざわざ具体的に名前をあげる人物の中には、私の知っている人物も幾人かいた。

イーダの激情は日に日に凄みを増していったが、別れの日は忽然とやって来た。イーダはとうとう私に見切りをつけたのだ。彼女はどういう出会いによったのか、別の日本人を見つけてしまったのだった。そのIさんという人物のことを私は知らなかった。でもその後、五十歳過ぎの某商事会社の管理職に就く人物だという噂は私の耳にも入った。イーダから聞くところによると、私よりもずっと物解りがよく、包容力のある優しい男だという。

チキニラヤ通りのマクドナルド。彼女と最後に会ったのは、そこだった。チーズバーガーを頬張り、コーラをストローで吸い上げる彼女の表情は、いつになく柔和で嬉しそうだった。小指を立ててフレンチフライをつまむ仕種も健在だった。彼女の心はすでに、はるかIさんのもとへ飛び立っているようだった。

彼女がわざわざ私をここへ最後に呼び出した理由は想像がついた。

それを切り出せずにいる彼女の前に、封筒に入れたそれを置いた。彼女はびっくりしたふうを装って封筒の中を覗いた。

私は彼女がそれを受け取らないことを期待したが、そんなことはありえない話だった。せめて、最後くらいは最初の頃のような気分を持って別れたいと願っていたが、それもまた無理な話だと悟った。

イーダは、封筒の中を覗き見て不服そうな顔をしたあと、お礼の一言も口にせずにそれを自分のバッグの中に仕舞い込んでしまった。彼女は席を立って、もう帰りましょう、と言った。もう私には何の用もないという感じだった。

店を出てタクシーを止める。後部座席にいっしょに乗り込もうとすると、彼女は私を制止して言った。

「ごめんなさい、今日はこれから用事があるの、これから友だちのところへ行かなくちゃならないの……」

イーダを乗せたタクシーは、いったん車体をマクドナルドの入口へ滑り込ませ、後方走行を試みて、Uターンをした。タクシーが私の前を通り過ぎるとき、イーダは私の方を向いて軽く手を振ったが、それだけだった。彼女の形のいい卵型の小さな頭は、後部座席の左側にじっとしたままで振り返ることもなかった。タクシーは瞬く間に独立記念公園の方へ向かって走り去った。

友だちという間柄とはいえず、恋人同士という関係でもなく、愛人契約を結んでいたわけでもない。そんなイーダとの奇妙な関係を続けていた間は、寝ても覚めても気が休まることなく、絶え間なく身を削がれているようで、疲弊の極みもいいところだった。

思いやりのあるイブ・アンジャニーはある日、周辺に誰もいない瞬間を見計らって私に近づき、心配そうにつぶやいた。

「何か、何か、困ったことがあったら……遠慮なく私に相談して頂戴！」

社内で噂される私の女性問題に肝をつぶしていたのかもしれない。私のことを心配し、そう言ってくれたたには違いなかった。幸い彼女に相談する事態にはならなかった。

イブ・アンジャニーは日に日に目尻に皺が増え、肌色も土色にくすんで、心なしか背も丸まったように思える。彼女があたりに撒き散らす淋しさは刻々と凄みを増している。

だがそれでも、彼女を救うことは、私にはできそうにもなかった。そんなことはきっと、不可能というものに違いないのだ。

入院処女を奪われた日

ある日曜日の夕方、買い物をすませて宿舎へ戻ると、A氏がリビングルームのソファの端に腰を下ろし、何やら悄然《しょうぜん》とした様子で煙草のけむりをくゆらせていた。いつもなら深々とソファの背にもたれかかり、悠々としているのが常だというのに、その日に限ってはそういう体ではなかった。

夕闇が降りて、部屋の中もだいぶ薄暗くなっているというのにA氏は照明もつけずにいた。私はA氏の横をすり抜け、即座に照明のスイッチをONにする。

「どうしたんですか、電気もつけずに？」

私の声が聞こえているのか、聞こえてないのか。A氏は傾げたままの頭をぴくりとも動かさず、その視線はテレビの脇の白い壁の方を向いていた。

こぼれ落ちた煙草の灰が、一円に散乱している。ガラス貼りのテーブルの上にも、足許の床の上にも。私は卓上の中央にある灰皿を、A氏の煙草を持つ左手の近くに押しやった。テーブルをはさんでA氏の対面側にあるソファの上に、私は腰を下ろした。

営業部長の役職に就くA氏は、休日のほとんどを営業ゴルフに捧げている。毎週の土日、休みなくじりじりと熱帯の陽光に焼かれ続けるA氏の肌は、昨日よりも一段と黒光りしている。肘下の両腕のあたりは赤みを帯びて痛々しくもある。形のいい鼻筋のあたりはラップフィルムさながらにつるつるとして、蛍光灯の光をてらてらと反射している。今日のこの日も、きっと客先とのゴルフだったに違いない、と容易に想像がついた。

「どうしたんですか、部長。大タタキでもしたんですか。いくつだったんですか、今日のスコアは？」

そんな私の冗談まじりの問いかけにも、A氏は何ら反応を示さない。口許近くにやったA氏の左手は、指の間にマルボロライトの煙草をはさんだまま、固まったように動かない。私の視線など、まるでおかまいなしである。

「どうしたんですか？　何かあったんですか？　面倒なことでも？……」

A氏はようやく私の方に向き直った。

「何か気になる事態でも？……」

私はA氏をうながすように続けた。

「Yがなあ、Yが……」

再び壁の方に視線をそらしたA氏は、さも虚脱したようにつぶやいた。不穏なものが脳裏をよぎって、しばし次の言葉を失ったが、間を見計らって尋ねてみた。

「……どうかしたんですか、Yさんが？」

できるだけ穏やかに声をひそめて、A氏の顔を凝視しながら訊いた。

「――事故を起こしたらしい」

Ａ氏は悄然として答える。

「事故？」

「口もきけんほどの重傷らしい――」

「重傷？」

「ああ……コーマ、コーマだって話だ」

「コーマ？　コーマって？……」

私は、コーマという耳慣れない英語らしき単語の意味を理解していなかった。

「……昏睡、昏睡状態だってことだろ」

私は天井を仰向いて唇を結んだ。

「それ以上のことはよくわからん。明日、明日行ってみないと……」

疲れ切ったふうにそうつぶやくと、声にならない溜め息をもらし、Ａ氏はまたしても悄然と視線を落として黙り込んだ。

「そういうわけだから、明日は会社へ寄らずにバリへ直行しますんで……会社の方はよろしく頼みます」

これまでには耳にした覚えもない妙にあらたまった口調である。Ａ氏はすっかり短くなったマルボロライトの煙草の先を灰皿の底に押しつけ、気だるそうに腰を上げ、自分の部屋の方へゆっくりと歩き出した。扉の閉まる音がいつになく弱々しく耳に響いた。A氏は夕食も取らずに部屋にこもってしまった。

私の四年先輩であるYさんは、五年以上ものインドネシア滞在歴を持ち、現場経験豊富な上、現地事情にも詳しく、バリ島での大型物件の現場所長として単独出張に就いていた。

翌朝、A氏は慌ただしくバリへ向けて発った。その次の日には本社から海外担当部長が緊急入国し、事故処理が慌ただしく進められていった。

事故のその瞬間を目撃した人物はいなかったらしい。事故現場を最初に見つけたのは近くの住民だったという。Yさんは、飲酒運転で道端の大木に激突し車外に放り出され地面にうずくまっていたという。幸い命に別状はなさそうだ、との報せはすぐに入った。だがしかし、脳内出血が確認され、意識不明の状態は続いているという。日本総領事館への「在留届」の提出を怠っていたYさん。それが災いして身元の確認が遅れ、何の手当てもしてもらえず、重傷を負ったYさんの身は病院の治療室の隅に放置されたままだったという。

その不手際を非難された病院側の言い分はこうだったらしい。

「この国での病院業務はあくまで営利運営が基本であり、どこの誰だか身元が確認できない負傷者は放置せざるを得ないのです。それが当たり前というものです。病院業というのはボランティアではないのですから……。治療行為に対する金銭的な保証——それが得られてはじめて、一切の医療行為は開始できるのです」と。

なるほど、治療費回収を度外視した医療行為の先行は、貧困層が多数を占めるこの国では病院経営の破綻にもつながるといえるのかもしれない。

医療設備の整わないバリ島内の病院ではとても充分な治療は望めないとの判断が下され、重傷を負ったYさんの身は意識も戻らぬまま、チャーター航空機にてシンガポールの病院に輸送されることになった。

その後、長い入院生活を強いられたものの、Yさんはなんとか社会復帰を果たした。軽めの業務ならこなせるほどに体力も回復した。だがしかし、やはり重度の後遺症を抱え、リハビリを続けながらの日常を生きている。からだも声も人一倍大きく豪傑者としてならしたYさん。ビールのラッパ飲みの豪快さは恐るべきものがあった。

右によろけ左によろけ前かがみのすり足で歩くようになった現在のYさんの姿を、同僚の誰が視線をそらさずに正視できるだろうか。常に淋しげで沈黙の人となってしまったYさんの心情を、いったい仲間の誰が胸のしめつけられる思いなしに、おもんぱかることができるだろうか。運命というものの恐ろしさを、残酷さを、目の当たりにした一件だった。

あのYさんの事故以来というもの、運転禁止令が即座に本社から出された。誰一人として車を運転しようとする者はいなくなった。残業が連日深夜に及ぼうとも、休日出勤が幾日続こうとも、運転手に無用な同情をはさまぬことを徹底しなくてはならなくなった。とはいうものの、お抱えの運転手に超過時間に見合った残業代を与え、必要に応じてチップをはずんでやればすむことである。本来、それが駐在員社会における一般的な運転事情でもある。よっぽどの運転狂でもない限り、交通事情の劣悪なこの国では、自分から好んで運転を試みようとする駐在員はほとんどいないに等しい。なかには、倹約のためだとか、安全を他人まかせにしたくないという者もいるにはいるが、そういった駐在員はきわめて少数派に過ぎないのだ。あの日、Yさんがなぜに自ら運転をする気になったのかの理由は闇に葬られたままである。

あの日から二年近くが経った。

某建設会社のKさんとは、仕事が縁で知り合った。たいそうな釣り好きとして有名なKさんは、休日のほとんどを趣味の船釣りで過ごしている。主として繰り出す漁場は、ジャカルタ郊外タンゲランからエンジンボートで沖合いに出るジャワ海一帯。時にはスマトラ島近海まで乗り出すこともあるという。Kさん担当の現場事務所へ日が暮れてから顔を出すと、仕事もそっちのけで釣りの仕掛けをこしらえている最中だった、というのはたびたびのことである。その真剣さは、部下の多くをも釣り仲間兼手元に仕立て上げてしまうほどの熱心さだった。

釣り以外の何かには、まったく興味を示さないKさん。釣りの楽しさというのがどうにも理解できない私。仕事を離れてのKさんとの会話には苦渋するものがあった。釣り談話に花を咲かせる才覚など持たない私が、口から出まかせで、多少は釣りにも興味があるような空気を匂わせながら、ときおり気のきいた質問を投げかけ、それでも釣り旅行に同行するまでには至らないのだといった微妙なところで相手の機嫌を損ねないように注意しながら会話をすすめるのは、額に汗がにじんできて、おっかなびっくりも大概だった。やがて、Kさんは私がもっとも恐れていた話題を、口にしはじめるようになった。

「今度、いっしょに出かけましょう。いっしょに船釣り致しましょう」と。

もっともらしい理由をこじつけて丁寧にお断りするのも一度や二度なら容易だが、それ以上になるとなかなか難しい。五度目のお誘いあたりからは、お断りの難易度もかなり増してきた。毎回毎回、同じ理由で断るわけにはゆかないし、ありそうにもない用事を捏造するのは気が安まらない。そのうち、誘わなくなってしまうだろうと期待したが、そう思い通りには事が運ばなかった。とうとう私は承諾の返事をしてしまった。これ以上お断りするのは、仕事にも悪い影響を及ぼしかねないと危惧したからだ。

集合場所はタムリン通りのマクドナルドの駐車場。日時は土曜日の午前一時。土曜日の午前一時といえば、金曜日に会社を休まなければ、睡眠もとらずに出かけることになる。せめて、仮眠くらいはとりたいものだと、「午前の三時か四時くらいの出発にしましょう」と提案したが、「大丈夫、大丈夫」と軽くかわされてしまった。大丈夫、というKさんの言葉の意味するところは、一日や二日寝なくったって死にはしないからという意味での大丈夫のようであった。時間に遅れるのは失礼なので早めに宿舎を出た。深夜の道路は渋滞に巻き込まれることもなく、集合場所に三十分近くも早く着いてしまった。さすがに私より先に来ている者は誰もいなかった。別段空腹のわけでもなかったが、マクドナルドの店内に入り、チーズバーガー二個とオレンジジュースのLサイズを頼んで、胃袋の中に流し込んでおいた。誰一人として遅刻する者はなく、予定の十分前には、タンゲランへ向けて出発していた。日中なら二時間以上はかかるであろう道のりも、一時間あまりで走破することができた。車を乗り入れて停車した石ごつごつの駐車場にはすでに準備万端といった感じで、痩せた船主らしき男が待機していた。駐車場の周辺には引き戸を閉ざした民家がひしめいていて、どこが海の方向だかよくわからなかった。車から降りると、とたんに生臭い臭いが鼻をついた。漁村特有の魚の腐ったような臭いである。街灯は近くに一本も設置されておらず、頼みの月は空のどこにも見当たらなかった。あたりは足許さえもまともに見えない薄暗さである。懐中電灯に照らし出されるそこら中には、投げ捨てられたゴミが散乱している。そしてその背後に認められるのは木造の薄汚い家屋の連続。二分と歩かぬうちにさざ波の音が聞こえてきて、突如として視界がひらけた。薄闇の中に多くの釣り舟が薄ぼんやりと見えた。栈橋の先は闇の中に黒ずんで見えなかった。ゴミの山に足を取られ、生臭い悪臭に息を詰まらせ、栈橋までの距離を急いだ。Kさんを含めた私以外のみんなには、あたりに漂う生臭さがまったく気にならないようである。この事実こそが、釣り好きというものに違いないと悟った。仕入れてきた魚の餌や缶ビールや菓子類を、栈橋の手前で二等分する。二隻での出航となるのだ。釣り道具やクーラーボックスやらを順々に舟の底板の上に載せる。真っ暗な沖に向かって、いよいよ舟は動き出した。舟の速度が増すと、生暖かい湿った海風がいくらか冷たく感じられた。できるだけ沖に出て、夜が明けるまさにその直前に舟を停め、釣りを開始するのが大漁の秘訣だという。舟が動き出して十分と経たぬうちに、クーラーボックスの中の缶ビールがみんなに配られる。飲んだかと思うと次のビールが手渡される。不足することがないようにと、缶ビールだけはたんまりと買い込んである。Kさんを除いた誰も彼もは、釣りよりもむしろこれが目的ではないのかと疑わんばかりの飲みっぷりである。

飲み過ぎの気持ち悪さと激しい睡魔に襲われながらの船釣りは私にとっては拷問も同然だった。それでも、魚は、面白いように釣れた。Kさんは言うまでもなく、素人の私でさえも。錘をつけた釣り糸を海底まで垂らし、少しばかり巻き戻す。そんなふうにしてしばらく待っていると、竿を持った手にすぐに当たりが伝わってくる。大物はほとんど上がらないけれど、二〇センチ前後の魚がぼこぼこ釣れる。餌を切り刻んで釣り糸にかける面倒臭さや釣り糸がからまったりする鬱陶しささえなければ釣りもたまにはいいかもわからない、とそんなふうに無理強いて釣りの面白さを理解しようと努めたが、やはりどうにも容易ではなかった。舟の前方に陣取って釣り糸を垂れるKさんの手際よさは、見違えるほどに立派だった。ガスコンロによる御飯炊きも、釣り上げた魚をさばいて刺身の盛り合わせに仕上げるのもすべて率先して一人でやってくれる。

陽がすっかり上がってしまうと、魚が急に釣れなくなった。

「今日のところはもう、これで充分というものだろう――」

Kさんの一言で、ようやく帰路につくこととなった。

もとの栈橋に着いたのは、午後の三時近くである。収穫の魚は適当に分けられ、めいめい持ち帰ることとなった。舟を降りて栈橋を歩く段になると、さすがのKさんも疲労の色濃く、無口になっていた。別れの挨拶をしてお辞儀をして、最後にもう一度軽く手を上げ、別れの合図を交わし合った。それぞれの車に乗り込み、帰り道を急いだ。後部座席に腰を下ろしたとたんに、抑えていた疲労感がどっと押し寄せてきた。溶けて流れ出してしまいそうな気だるさである。靴を脱ぎ捨て座席の上で横になったかと思うと、爆睡していた。

一瞬、何が起こったのか、まったくわからなかった。頭部のてっぺんを不意に何かでぶたれたような感覚だった。だからといって、それが痛いという感じでもない。むしろ可愛らしいおてんば娘からぬいぐるみの腹かなんかで、昼寝の途中に悪戯半分でぶたれたような、そんな一種の気持ちよさを伴った感覚である。

「ミスター、ミスター、ミスター、ミスター、ミスター、ミスター、ミスター……」

夢の中で誰かが、さかんに私を呼んでいるような感じだった。その呼び声が現実のものだと気づくのに、ずいぶんと時間がかかった。夢現《ゆめうつつ》の中で瞼を開ける。自分のからだが座席の下に落ちているのに気づいた。いつの間に座席の下で寝ていたんだろうと、ぼやけた頭でぼんやりと考えながら起き上がろうとしたが、からだがしびれ切っていうことをきかなかった。ゴムマットの冷たさが頬に冷たくて心地いい。ゴムマットがぬるぬるとしているのはアイスボックスの氷が溶けてこぼれ出してしまったせいだろうか、などとうつろに考えたりする。血生臭い臭いがするのもまた、アイスボックスの中の魚のせいだろうと思っていた。

そんなふうなことを薄ぼんやりと考えながら再び瞼を閉じようとすると、

「ミスター、ミスター、ミスター、ミスター、ミスター、ミスター、ミスター……」と呼ぶ声が強くはっきりと耳に届いてきた。

座席の下でなんとか首をねじって仰ぎ見ると、運転手のコマルディンが目をひん剥いて私の顔を見ていた。下唇が震えて紫色に変色している。

「ミスター……」

コマルディンはしぼり出すようにつぶやいた。私はしびれ切った両腕を突っ張ってなんとか腰を上げ、座席の上に身を起こした。

車のフロントガラスが割れている。ボンネットの鉄板が持ち上がっている。車体が九の字に曲がっている。私は目を見開いて自分の周辺を見まわした。前方には、三角屋根のムリア・タワーが見えている。自分らを乗せた車が、高速道路の中央分離帯に突っ込んで停まっているのを知った。顎の下から滴っているのが、マットの表面がぬるぬるしていたのが、自分自身の鮮血だったのだと気づいた。自分はいったいどうなってしまったんだろうかと呆然と考え続ける。額を伝わって垂れてきたどろどろの鮮血が目をふさぎはじめた。はたとわれに返って、鮮血を服の袖口で払った。夢中で血の出どころを調べにかかった。頭頂部の皮膚が横に開いているのに気づいた。卒倒しかけたままの意識の中で、自分の両手を眺めてみると、血の色に染まっていた。全身に悪寒が走り、もう一度しげしげと血に染まった手のひらを膝の上で眺めた。左の手から先にはじめてみた。拳をゆっくりと開いてから握ってみた。できた、できたのだ。右手も同じようにできた。左足も動くし、右足も動く。私は安堵の思いに包まれて正気を取り戻し、手提げ袋の中から手ぬぐいを取り出して目のまわりと睫《まつげ》にこびりついた血をぬぐってから頭部の傷口を押さえた。血はとめどなく湧いてくるというのに、神経が麻痺したように少しの痛みもなかった。

運転手のコマルディンは、目をひん剥いたままで私を見つめ続けていた。私たちは、しばし互いの様子を確認し合った。無言で互いの顔を見合っているのだ。前に突き出たハンドルと座席の間にはさまれ身動きできないでいるコマルディン。だが、幸い大した怪我はしていないようだった。コマルディンはシートベルトをするのを怠ってはいなかったのだ。

「俺は大丈夫なんだが……」

コマルディンは申し訳なさそうにつぶやいてから、視線をそらした。

「俺も大丈夫そうだ」

私は答えてから、座席の下に潜り消えてしまったらしい自分の靴を捜しにかかった。

右側のドアは中央分離帯のフェンスに食い込んでいる。左側のドアは内側に折れ曲がったせいで、いくら押しても開かなかった。猛スピードで近づいて来る車は、慌てて左側のウィンカーを点滅させ素早く車線変更して、潰れた事故車をあざ笑うかのように走り去る。高速道路の真ん中では仕方もあるまいが、停まってくれる車は一台たりともありはしなかった。それでも、辛抱強く助けを待つ以外に術はありそうにもなかった。

いったん私らの横を通り過ぎた車が非常灯を点滅させ、事故車の手前五〇メートルほど先で停車した。車は、後ろからの車に注意を払いながらバック走行でゆっくりと近づいてきた。Kさんの車だった。Kさんは必死になって車のドアをこじ開けてくれた。私は、Kさんの車でただちにスディルマン通り沿いのジャカルタ病院へ向かうことができた。運転手のコマルディンは、自分は大丈夫だと言い張って、事故処理をするからと意固地になって現場に居残った。

病院に向かう車の中でKさんが携帯電話で宿舎に連絡を入れてくれた。先輩のO氏が一〇〇万ルピアの現金を手にしてかけつけてくれた。私の場合には、治療後の支払いを保証する者が遅延なく現れたのだ。私はすぐに病院側の治療を受けることができた。幸い頭蓋骨にも脳にも傷害は及んでいなかった。頭頂部の皮膚を裂傷しただけですんでいたのだ。

初めて経験する病院での就寝。病院といえば、いつも患者であふれかえっているイメージだったが、この病院の中には入院患者らしき人の姿はほとんど見当たらない。三階のこの病室にもベッドは六つも準備されているというのに、入院患者は私だけだった。時間が経つにつれて縫合箇所がづきづきと痛んできたが、それでも私は奇妙な安堵感に包まれて終始微笑んでいた。自分の幸運に、今まで意識したことすらない神の存在のようなものに、感謝の気持ちを捧げずにはいられないような、そんな心境に包まれていたからだ。もしも私がシートベルトの備えのない後部座席で座ったままの体で事故に遭っていたなら……こんな軽傷ではすまなかったであろう。フロントガラスに頭を打ちつけて今ごろどうなっていたかしれたものではないのだ。衝突の瞬間に、前座席の柔らかいシートの背に当たって座席の下に落ちたおかげで、私は致命傷を負わずにすんだのだった。

森閑と静まり返った病棟。冷房のほどよく効いた病室。病室の窓から見える街灯の明かりの周りでは無数の羽虫が舞っている。奇妙なほど愛想のいい看護婦が病室に入って来た。

「病院の夕食はいかがでしたか?」

看護婦は、御飯粒一つ残さずにきれいになったプラスチック製の容器を見て、嬉しそうに訊いた。

「とてもおいしかったですよ」と私は答えた。

「傷口は痛みませんか?」

「……」

「今晩は早めに休んだ方がいいですよ」看護婦は優しげに微笑んだ。

「そうしますよ、これからすぐ寝ることにしますよ」

看護婦は私がベッドにつくのを待っていた。ゴミ一つ落ちていない防塵塗装の施されたつるつるの床は足を遊ばせるのに気持ち良かった。病院のベッドにかけられたシーツは清潔でノリがきいていて心地良かった。

「照明を切ってもかまいませんか」看護婦はベッドについた私に訊いた。

「入院というのも悪くないものですね」私はそう答えた。

看護婦は私の顔を覗き込むようにして訊いた。

「どうして?」

私は答えなかった。看護婦は怪訝そうに見つめていたが、消しますね、と言って病室を暗くして出ていってしまった。もう少しいてほしかったのに。どうしてって、もう一度聞いてほしかったのに。

警察はいるのか

「チェッ」運転手のカティミンは忌々しげに舌打ちした。今月に入ってもう三回目の交通違反である。彼に言わせると、レバラン前になると、警察の取り締まりが不当に厳しくなるという。

放免してもらうために懐を痛めるのは、いつも私の役回りである。取り締まり官らの勝ち誇った顔が気に食わなくて、たとえ十倍以上だと言われる罰金を支払ってでも、正規の手続きを踏んで事を処理してくれるよう頼み込んでみても、運転手のカティミンはいっこうに受け入れてはくれない。

「そんな馬鹿げたことを――」

カティミンはいつもそんなふうな言葉を口にして、放免代としての支払いを、結局は私に願い出るのだ。

なるほど他人にその際の助言を求めてみても、一様に賄賂を手渡して放免してもらうのが得策だという。もっと好ましい手段での解決策がきっと他にあるはずだ、などと意固地になって議論を戦わせる私に対して、ある人は鼻で笑うようにして以下のような台詞を言い放った。

「そんな矮小なことが受け入れられない人間は、時期をみてとっとと帰任願いを提出することだな

――」と。

その程度のことでいちいち騒ぎ立てる奴にこの国での仕事がつとまるはずがない、というのが彼の認識のようである。

ひと昔前の日本でも、正月前の年末になると、新年を懐豊に祝いたいという欲が災いするのか、その時期だけ盗みや空き巣といった軽犯罪の発生率が極端に増加するとの話を何かの記事で目にした憶えがある。まだ私が大学生であった頃、もっとも容易にありつけるアルバイトのひとつに、「臨時の警備員」というのがあった。その当時のことを思い起こしてみると、年末のその時期だけは、アルバイト料が跳ね上がり、募集人員の数も倍近くになっていたものである。

世界最大のイスラム国であるインドネシア。断食の終わりを祝うレバラン休日が、この国における日本の正月に当たるとするならば、犯罪率とやらがその休日前に、極めて増加するというのも理解の及ぶところである。だがしかし、この国の厄介なところは、そういう時期であるからこそ国民をそういった被害から守らなくてはならないはずの警察までもが、金策にやっきになって不当な搾取《さくしゅ》に走り出すということである。

汚職監視団体「トランスパレンシー・インターナショナル」（本部ベルリン）の二〇〇一年度の調査によると、インドネシアの汚職度は調査対象九一カ国のうち、ウガンダ、ナイジェリア、バングラデシュに続き、下から四番目だったとのことである。

『じゃかるた新聞』二〇〇二年三月十二日付には、以下のような記事（一部省略）があった。

†

政治経済リスク・コンサルタンシー社（ＰＥＲＣ、本社香港）はこのほど、アジア各地の汚職に関する調査を実施。インドネシアは一二カ国中、汚職が一番はびこっている「汚職度」が最も高い国との結果を発表した。昨年のインドネシアの汚職度はベトナムに続き下から二番目だったが、今年はさらに汚職度が悪化。ＰＥＲＣが調査を開始した一九九五年以来、最悪の数値を記録した。

†

ＰＥＲＣは調査結果のコメントとして、「インドネシアの汚職問題が悪化しているというのは信じ難いが、現実の話だ。国家全体の法システムが不完全であるため、裁判所も法の保護をできずにいる」というような見解を明らかにし、インドネシア政府に対して、包括的な法制度改革を求める声明を発表したという。

　この記事によって最も驚かされるのは、インドネシアの汚職度がスハルト政権後、改善を見せるどころか悪化の一途を辿っているという現実である。

　長年の間、政治的混迷が続いたフィリピンでさえ、アロヨ政権誕生後は政治的腐敗体質に大幅な改善がなされているというのに。インドやベトナム、中国など、大半の国でも汚職状況はしだいに改善されつつあるというのに。なぜインドネシアにはそれが成し得ないのであろうか。

　ヘミッシュ＝マクドナルド氏は、その著書『スハルトのインドネシア』の中で、インドネシアの公務員の実態を、次のように描いている。

「給料は世界最低である。本来の仕事だけで食べていけるような、あるいは汚職の誘惑をなくし、少なくともそれを大幅に減らすだけの月給を支払おうとすれば、政府はこの目的のためだけに一四億ドルの税金を徴収しなければならないだろう。この額は、一九六七年の全税収の三倍を超す」

そして、このような現実は彼が指摘するように、おのずから次のような現象を生み出してしまう。

「一般公務員は手続きに便宜をはかってやる見返りとして受け取る、手数料で食べている。たとえば、税関や移民局のような、うまみのある部門では、手続きを終わるまでに三ダースも四ダースもサインをもらわねばならず、そのたびに係の机の引き出しに金を入れなければならなかった。

こうした不正をもっとも派手に長期間続けていたのは、ジャカルタのタンジュン・プリオク港の税関だった。権威ある週刊誌テンポの一九七七年の推定によると、年間の不正所得は約二千万ドルにのぼっていた。そのような派手な手数料の取り立ては、たいてい儲かっている部門で行われるので、目くじらを立てられることはあまりない。

しかし、それは汚職のピラミッドの頂点のことであり、その裾野では、道ばたに店をひろげている物売りや交通機関の運転手、さらには住民票を更新に来た普通の人までが、金を巻きあげられている。こうした人びとにとって、それは実質的な税金であり、働く意欲を失わせることになる――」

事実、この国で事業を展開する日系企業の各人らが、もっとも辟易させられる業務上の頭痛の種は、諸機関への手続きにつきまとう賄賂問題、そして当局から請求される不可解な税金問題である。

このような状況は、後進国の裾野から世界を眺めた場合、インドネシアに限ったことでもなく、それほど珍しい体質だともいえない。裏金の使い道が、なるほど官僚制を機能させるために必要だというのであれば、いくらかのやりきれなさは残るものの、少々の我慢は可能だともいえるかもしれない。

だが、しかしである。国民の治安を守るべき警察が、「国民からの搾取を第一の業務とする集団」であるとするならば、国家の中の警察という組織集団を、国民はいったいどういったふうにとらえているのであろうか。

たとえば、国民の立場で警察に届け出るものの一つに、被害届というのがある。何らかの被害をこうむってしまった場合に提出するその届出に関しても、この国ではお金を支払って作成してもらわなくてはならないという。実に面白い仕組みができあがっている。その支払いは当然のごとく公のものではなく、その担当者を通してどこかへ消えてしまう運命の金である。その金に対する警察からの見返りは、「その事件に関しての優先的な対応」ということになるらしい。だが、そのような賄賂を届け者のほぼすべての人たちが支払っているとすれば、いったいその優先順位というのがどういうふうに決定されるのか、今ひとつ明確でない。よって、届け出る側の人にしてみれば、ある種の明確な目的でもないかぎり、被害届というものは出すべきものではないというのが一般的な常識のようである。いわゆる保険会社へ保険請求するためだとか、あるいはパスポートの再発行申請のためにやむを得ないなどといった――金を支払ってまでも届け出る必要性でもないかぎり、被害届を出すメリットは、インドネシアでは何ひとつないというのが現実である。

たとえば、こうである。

ある朝、部下のジャミナンから私に電話が入った。

早朝、近所の知り合いの家に泥棒が入り、犯人が捕まったので手を貸してやらなくてはならなくなり、仕事を一日だけ休ませてほしいという。

「犯人が捕まったので手を貸してやらなくてはならない」という理屈が今ひとつ理解できなかったが、とにもかくにも、きちんと連絡を入れてくれたという、彼の勤め人らしい常識的な行為に嬉しくなって、特別休暇を認めてやった。

翌日、彼から聞かされた、私の疑問に対する答えは以下のような内容である。

「その家からオートバイを盗もうとして捕まった男は、二十代前半の若い男だった。知人は、過去にもローンを組んで購入したオートバイが盗まれるという被害に遭い、以降の生活に言い知れぬ苦しみを味わった経験があり、今回捕まえたその男に対して容赦する気にはとてもなれなかった。犯人を警察に引き渡すということは、インドネシアでは相手の犯行を許してやるということに等しい。よって、犯人をその罪の度合いに応じて裁くにも、自分らの手をもって制裁を加える以外に術がない。そして、その際には、できるだけ多く、通常は数十人単位の人間をかき集めて、半殺しの刑に処するのが普通である。

そうすれば、万が一警察沙汰の騒ぎになったとしても、たとえリンチを受けた相手が死んだとしても、共犯者の数が多ければ多いほど、警察もお手上げ状態となって、眼をつぶってくれるのだから

――」

たとえば、被害届を出したばかりに、こういった損害をこうむったりする例もある。

ある日の夜中、ある日本人駐在員の宿舎敷地内に設置されていた給水ポンプが何者かに盗まれてしまった。その駐在員は赴任して間もなくであったため、現地の事情に疎く、日本的な感覚で警察にわざわざ自ら出向いてしまった。

日本人の駐在員はさぞかし金持ちであろうという憶測を呼ぶだけに、事件の経緯の聞き取り調査という名目にて駐在員は、実に長々とした質疑を受けることになった。駐在員は、夕方になって、ようやくその担当者の望むところに思い至り、その労をねぎらうという名目にて、その相場も知らずに高額の紙幣を握らせてしまった。

ようやく無意味な事情聴取から解放され帰路についたまでは良かったが、その後どういうわけだか、たびたび警察関係者が自宅に不意に姿を見せるようになった。

その時の彼らが口にすることといえば、インドネシアへ来てまだ間もない駐在員らの不法労働や不法滞在に関する法的な指摘ばかりで、警察というよりも他局の管轄ではないかと思われるものばかりであった。とはいうものの、自らに課せられたインドネシアでの業務をとどこおりなくまっとうしたいという思いを優先するために駐在員は、泣く泣く連中らの要求に従わざるを得なかった。

このような事例は、インドネシアにおいては数限りなく書き並べることができる。

午後十時のメラワイ・ラヤ通り。

レバラン休日は、二週間後に迫っていた。

ブロックMの日本料理屋にて晩食をすませたあと、宿舎への帰路をゆっくりと歩んでいた。私の傍らには、仕事仲間のO氏がいた。

横断歩道のある交差点まで歩くのが億劫なのはいつものことである。道行く車の列が途切れるのを待って車道を強行横断すべく、その機会を道路の脇でうかがっていた。

と、不意に後ろから声をかける者があった。

ハッとして後ろを振り向くと、恰幅のいい色黒の男が、こっちへこい！ といったふうの合図を指の先で送っているのだった。よくよく眺めて見ると、視線の先の道路の脇には一台のパトカーが停まっている。半袖ワイシャツ姿の男の背後には、なるほど警察官らしき服装をしたもう一人の男がたたずんでいた。男らの威圧的な態度が癪《しゃく》にさわり完全無視を決行したいところであったが、そんな私の意志とは裏腹に、傍らのO氏が素直に連中のそばへ従ってしまった。

「おまえさんら、すまないが、身分証明書とやらを見せてもらえないかい？」

ワイシャツ姿の男は、落ち着き払った口調で言った。

O氏は困り果てた様子で狼狽し、身分証明書を携帯していない不手際を、さかんに詫びはじめていた。男の表情に卑屈な笑みが走るのを、私は見逃さなかった。

「いったいどうしたというんだい、いったい何があったというんだい？」

警察に対する日頃の鬱憤《うっぷん》が私の口調にはにじみ出ていたに違いなかった。

男の視線は、はたと私の目線に貼りついて微動だにしなかった。

「そこのおまえさんとやらにも、身分証明書を提示してもらおうじゃないか！」

成人したインドネシア国民は常に身分証明書の携帯を義務づけられているという話は耳にしたことがあった。だがしかし、それが外国国籍のわれわれにも適用される義務だとは聞いたことがなかった。

「いったいどういう理由で、そんなものをいちいち持ち歩かなければならないというんだい！　俺たちがインドネシア国民でないのは、一目瞭然だろうに——」

口調がますます反抗的になるのを抑えるのは容易でなかった。

「……ずいぶんと偉そうな口の利き方をするじゃねーか、あんちゃんよ」

二人の間に生じた険悪なものに驚いたO氏が、落ち着きを失い、私の右腕を揺すりながら唇をぶるぶる震わせ、間延びした口調でこう訴えた。

「や、や、や、やめておきましょうよ——サキハマさん……」

O氏の言わんとすることは容易に理解できた。私らの側に勝算らしきものは微塵にもあるはずはなかったのだ。

「ものわかりのよくないあんちゃんだなあ、おまえさんは——」

背後にいた警察服の男が前に躍り出て私の右腕をつかんだ。

私は抵抗を試みてその腕を振り払おうとしたが、あえなく背後の方へ引きずられてしまった。

O氏は私の方に不安げな視線をやったあと私服の男と何やら短い会話を交わし、携えていた携帯電話でどこかやらへ連絡を取りはじめていた。

私のからだは強引な力でパトカーのそばまで引きずられ、いとも簡単に車体の横に押しつけられた。男の腰には革製のベルトケースに収まった短銃が、街灯の明かりに黒光りしていた。言い知れぬ無力感にぐったりとして抵抗をやめると、警察官は無言で私を睨みつけてから手の力をゆるめた。

しばらくすると、O氏宅のメイドが慌てた様子でやって来た。メイドは、O氏のパスポートを携えていた。O氏はメイドから受け取ったパスポートを即座に私服の男に提示した。私服の男は、パスポートのページをちらちらとめくったあとO氏に突き返し、面白くなさそうに、しかし傲慢さだけは微塵にも失わずに、O氏を追い払うように放免した。

O氏は、すばやく私の方に歩み寄って、「すぐに戻って来ますからね！」力強く叫んでから、私の宿舎の方へ向かって走り去った。だがしかし、O氏はなかなか戻っては来なかった。

私服の男と警察官は、なかなかお目当てのカモが見つけられずにいた。

男らが、いらついたように交差点の方へ歩調を進めるのを見て、私は咄嗟的にその反対方向へ走り出した。逃げ走ったのは運悪くすぐに気づかれてしまったが、私は何の迷いもなく、足を止めなかった。逃げきれる自信も大いにあった。だがしかし、思いもよらない誤算に見舞われてしまった。警察官に追われながら逃げ走る私を認めた近くの男が唐突に私の前に躍り出て、私の行く手を妨害したのだ。その男にしてみれば、私は何かの厄介ごとをやらかした悪人に思えたには違いなかった。私は身も知らぬ男に強烈な足蹴りを食らって足元をすべらせ歩道の脇に倒れこんだ。慌てて起き上がろうとしたその瞬間、後ろから追いついた警察官の革靴の先が右脇腹のあたりに突き刺さった。あまりの激痛に身もだえし、私はあえなくとっ捕まってしまった。

私らの周りには、いつの間にやら黒だかりの群集が環をつくっていた。私を足蹴りにした見知らぬ男は、まるで英雄気取りで自身の手柄を周りのやじうま連中に吹聴していた。大人らのそばで不思議そうに私を凝視する幼い子ども、夜空を舞う羽虫、あたりをおおう生暖かい空気までもが、自分の敵のように思えた。

警察官は息をぜーぜー言わせながら私を引きずり起こすと、さらにもう一発、今度は私のみぞおちのあたりに強烈なボディブローをかましあげた。私は腹に入れたばかりの日本食を吐き出すまいとエビのように背中を曲げて、必死で耐えた。周りのやじうま連中の中には、さも可笑しそうに私の様子を眺めている者がいた。

激しい怒りのようなものがこみ上げてきて、私は無我夢中になって手足を振りまわし警察官の男に挑みかかった。私はもう一人の私服の男に背後から羽交い絞めにされ、さらに何発ものボディブローを警察官の男から浴びた。

内臓に感じるパンチの重みは、激痛から無痛に変化していたが、私は不覚にも大粒の涙を、瞼ににじませていた。私がぐったりとおとなしくなったのを認めた男らは、私のからだを道路の上に解き放った。

私らを取り囲んでいた群衆がつまらなそうに環を解いていった。警察官はあきれ果てたように私を見下ろしていた。私服の男は後味の悪い顛末をごまかそうと、タバコの先に火をつけようとする最中だった。

私は道路の上に尻餅をついて膝をかかえ、脇腹の筋肉をひくひくさせながら狂ったような体で笑い出していた。自分という矮小な存在を、笑い飛ばしたかったのかもしれない。広漠とした無力感を何かでごまかしたかったのかもしれない。

バンタル・クバンのゴミ捨て場

あれは確か小学五年生の頃。何かの事情で担任の先生が学校に来られなかったある日のこと。その日の授業は、やむなくすべての時間が自習時間になってしまった。隣のクラスの先生が授業開始のチャイムと同時にやって来て、なんらかの課題を出しては自分のクラスに戻り、ときおり様子見にやって来たが、自習時間はおのずと友だちとのおしゃべり合戦となった。

このおしゃべり合戦は、単なるふざけ合いの延長のようなおしゃべりから、クラスの女の子の中で自分はどの子が一番好きか、などというひそひそ話へ移行し、ついには、「自分にとってのもっとも古い記憶」という大そうなテーマをかかげての独白会に発展した。

内緒話の明かしっこめいた、単なるごっこ遊びといえばごっこ遊びに過ぎない独白会ではあったが、その日の午後、耳にした友だちらの独白は、私にとってはまったく衝撃的なものだった。

私のもっとも古い記憶といえば、幼稚園に通う直前の、すでに四歳児頃のものでしかないというのに、友だちらのそれは、みんな一様に二歳から三歳の頃のある出来事。中には、母親のオッパイを口にふくんでいる時期の記憶があると告白する友だちもいたのである。

今思い起こしてみると、そこにはいかにも子どもらしい競争心が働いて、みんな実際よりもずいぶん古い話につくり変えていたのだと思う。だがしかし、その時の私は、ただ愕然《がくぜん》として友だちの作り話的な告白を信じきり、自分の学業成績があまり良い方でないのは、きっと脳みその質が友人らに比べて劣っているからに違いないのだろう、などとまったく厄介な悟りを開いてしまったという実に不幸な事件だったのである。なぜなら、この劣等感というのは、子どもでさえも、何事に対しても投げやりで諦めきった人間につくり変えてしまう代物だからである。

しかもその日の独白会で、「私のもっとも古い記憶」を聞いた友だちらは、その時の私の話をさも情けなさそうに笑い飛ばし、まったく気に食わない仇名《あだな》まで献上してくれた。「ゴミ男」というその日に授かった仇名は、小学五年のそのクラスから解放されるまで、ついに私から消え離れることはなかった。

私が四歳児だった頃といえば、ベトナム戦争の時期と重なる。戦場へ向けた米軍海兵隊が、自宅に隣接した嘉手納空軍基地から、さかんに送り込まれていた時期と重なるのである。

草木のまったく見当たらない、だだっ広い赤茶けた平地の隅にあったゴミ捨て場。

そのゴミ捨て場の脇には山吹色のブルドーザーが居座り、その向こうの遠くには鉄条網のフェンスが見えていた。その場所は開墾されたばかりの土地整備もままならない、嘉手納基地内のどこかの一角であったのだと思う。

ある夕暮れ時の寒い日である。ジェット機の轟音があたりの冷たい空気を引き裂くような凄まじさで、耳に絶え間なく届いていた。ゴミの山からスクラップを引っ張り出そうとしている父以外の人影はあたりになかった。私はあまりの興奮で心臓をバクバクさせながら、夢中になってゴミの山を漁っている。そのゴミの山にある物といえば、テレビや冷蔵庫や自転車や机や椅子、ジューサーミキサーやフライパンや食器類。それに雑誌や漫画に文具類、その他あらゆる物が、それこそ今すぐにでも使える状態のままで打ち捨てられているのである。

時はベトナム戦争の真っ最中。軍人や軍属らの出入りも激しかったのであろうと想像される。戦場へ送り運ぶことも本国まで持ち帰ることも許されなかった品々が、やむなく処分される運命になって、その場所に集積されていたのだろうと思う。そういう風情だったことからすると、その場所を、ゴミ捨て場と表現するのは本来適当ではなく、「屋外不用品集積所」などと名づけて友だちに話しておけばよかったのかもしれない。当時の私の語彙《ごい》力では、それが無理だったとしても、「宝の山」などといった、もう少し気の利いた表現は可能だったとも思える。そうすれば、「ゴミ男」などという不本意な仇名をつけられることも、きっとなかったのかもしれない。

いずれにせよ、あの宝の山のようなゴミ捨て場で、そこにある物を片っ端から引っ張り出していた自分の姿というのが、私の最も古いと思われる記憶である。そして、その記憶はまた、不思議なことに、他のどの記憶よりも鮮やかに私の脳裏に刻まれていて、決して色あせることも薄れることも知らない。きっと私にとってのそれは、興奮冷めやらぬ、これ以上にないほどの歓喜の瞬間でもあったからに違いない。その時に私が自分の力で見つけ出した五六色のアメリカ製の色エンピツは、小学校を卒業するまで常に私の机の一番上の引き出しに陣取って、使うのももったいないくらいに大事にしまい込まれていた。それもそのはず、当時の友人らの中で、金色と銀色の色エンピツを所持しているのは、私以外の他には誰ひとりとしていなかったのであるから。

過去に、そういった歓喜の記憶があるせいだとは思う。

各地を旅して歩く際の私の場合、できるだけ訪れてみようと願望する場所の一つに、ゴミ捨て場というのがある。しかし、通常、住民の日常から隔離された地域に存在し、ガイドブックにも載っておらず、人に尋ねると不審がられ、タクシーの運転手に訊いてみても知り得ないことの多いゴミ捨て場への道のりはなかなか困難で、そこへたどり着くのも偶然の機会に頼ることが多いものである。

私が、ジャカルタ近郊ブカシ地区にあるバンタル・クバンのゴミ捨て場へ出かける機会を得たのも、ある雑誌の記事を偶然目にしたのがきっかけである。

ジャカルタの宿舎から一時間半足らずで行けるとも思える距離ではあったが、時間的にも余裕をもって見てまわりたく、泊まりがけで出かけることにした。

宿を取ったのは、西ブカシにあるホテル・ブンガ・カラン。不精ヒゲは数日前から伸び放題である。手元にあるもっともみすぼらしい服装として洋服ダンスから引っ張り出しバッグに詰め込んでおいたのは、今すぐゴミ箱に捨てても惜しくない五年前に購入し今ではまったく着なくなった紺色のポロシャツ。生地はよれよれで白い毛玉がポツポツと目立って適当である。しかし、下半身を覆う服装には、それらしくなりそうな持ち合わせがなかった。悩んだ末に決めたのは、目立ちにくさが期待できる黒色のジーンズ。足許はもっぱら機動力を重視して軽量のシューズに決めた。

出かける前に財布を宿屋に残し、一万ルピア紙幣二枚と一〇〇〇ルピア紙幣七枚をポケットに突っ込む。万一の際には、充分な枚数とは言えないかもしれないが、ばら撒き捨てても惜しくない金額ではある。

エジプトの首都カイロ近郊にあるフルタートのゴミ捨て場。そこを訪れた際の恐ろしい経験以来、かなり用心深くなっている。準備周到に出かけて不測の事態に巻き込まれたなら諦めもつくが、取るべき対策も取らずにこうむってしまう被害や傷害ほどあとになって後悔するものもないのである。バンタル・クバン地区のゴミ捨て場もまたご多分にもれず、マフィアに支配された外部者立ち入り禁止のゴミ捨て場、という情報はすでに耳に入ってもいたのだから。

ジャカルタ首都圏のゴミ処理をつかさどるゴミ捨て場として最大規模の二二六ヘクタールの広さを持つバンタル・クバンのゴミ捨て場は、何かと問題の多いゴミ捨て場のようである。

計画・施工・整備・維持管理のすべての点において対策が不充分であるということに起因する、地下水の汚染やダイオキシンの発生といった公害問題。家族数にして四〇〇〇家族、人数にして一万六〇〇〇人と言われるゴミ捨て場に住み着く人々から生じる数々の社会問題。

最近においては、ゴミ捨て場周辺の住民らが、ジャカルタ市に対してゴミを受け入れる代価を要求してゴミ運搬車の捨て場への入場を阻止するといった、暴動にも発展しかねない深刻な問題も発生している。

その日の午後、そのゴミ捨て場の敷地内の道路を車でゆっくりと走りながら、私はどこかの戦場にでも迷い込んだような錯覚にとらわれていた。ゴミで埋め尽くされた視界良好な一帯はまるで焼け野原のようである。これまでに見てきた、どこのどのゴミ捨て場に比べてもはるかに広大である。視界に入るどこを向いても、見渡すかぎりゴミだらけという光景は、ある種の感動を誘うものである。どういう化学的原因からかはわからないが、火が放たれたとも思われない、あちこちで残り火がくすぶったような灰色の煙が立ちのぼっている。灰色といっても限りなく透明に近い灰色で、蜃気楼のような趣の煙である。あたりでゴミ漁りに精出す人らは、戦場でうまい具合に死ねずに生き残ってしまった人のように精気がなく、その様子は虚無感に支配された人のように緩慢で投げやりである。

放し飼いにされたヤギは、ゴミにまみれて汚らしいが、かなり肥えている。その傍らで餌捜しに精を出している野良ネコは、街の路地裏で見かけるそれの印象と大差もない。だというのに、そこらでゴミをついばんでいるニワトリの親子だけは、その他の場所で見かけるそれと比べ、ずいぶん毛色が悪く痩せていて病的に貧弱な印象である。

窓を閉め切って走っているというのに、五分と経たずのうちに、車内に異臭が漂いはじめているのを感じた。冷房風が異様な臭気を放っているのに気づいて、慌ててスイッチのツマミをＯＦＦの位置に移動したが、すでに手遅れのようであった。

車内に迷い込んできた銀蝿が一匹から二匹に増えていた。無意識のうちに唇を固く結んで呼吸を浅くしていたが、それでも呼吸をする不快感は増す一方で、やがて気管支のあたりに乾きと疼痛を覚えはじめた。飲み込めぬ生唾がどんどんたまってきて口がふくれてくる。一面がゴミの汁で濡れた道路を通過した瞬間から、車内の異臭は耐えきれないものとなった。私はまだまだ準備不足であったことを悟った。このゴミ捨て場の油断のならない危険分子は、マフィアという人的分子だけでは決してないのだと。

容赦なく襲いかかってくる強烈な悪臭。

私は即座に降参して、この場は退散することに決めた。

気持ち悪さで額に汗がにじみ、吐き気が昂じて鳥肌が立ちはじめていたのだ。私は一刻も早くホテルへ舞い戻って、頭のてっぺんから水をかぶりかけ、自分のからだじゅうの皮膚という皮膚をタワシか何かでこすり剥がしたい強烈な欲望にかられていた。


翌朝は朝の十時にホテルの部屋を出た。

ゴミ捨て場を見てまわったあと、やはり即座にシャワーを浴びたくなるであろうと想像がついたので、チェックアウトの時間を夕方まで延ばしてくれるよう交渉してみたが、フロントの女性は頑《かたく》なにもう一泊分の宿泊料を要求した。仕方なく、もう一泊分の宿泊料を前払いしてから、部屋のキーをフロントに預かってもらった。

昨日と違って準備万端整った、という気分での出発を目標としていたが、そのような自信は不足していると言わざるを得なかった。

ゴミの中を歩いたあとにその場で捨ててしまう目的で探したビニール製の雨靴は容易に購入できたが、防臭マスクはついに適当なものが見つからなかったのだ。昨晩の九時過ぎまで探しまわったがついに見つからなかった防臭マスクの代わりに用意したのは、汎用の二枚の手ぬぐいタオルを結んだもの。どうしても口のまわりに隙間ができてしまうし、いくらうまく結び固定したつもりでも、少しずつすべり下がってくる。常にタオルの位置を気にしながらの見学を余儀なくされるわずらわしさから逃れる手立ては思いつかなかった。

運転手のエフェンディは、無愛想に黙りこくって車を走らせていた。

バンタル・クバンのゴミ捨て場は、彼のような貧相な人間からしても我慢のならない邪悪の場所のようである。

いつの間にやら、荷台にゴミをいっぱいに詰め込んだ四トントラック車が前方を走っていた。ゴミ運搬車との車間距離を十分にとるよう私は運転手のエフェンディに指示を出し、冷房のスイッチはOFFにしておくようお願いした。

前方のゴミ運搬車がバンタル・クバンのゴミ捨て場のゲートに達すると、ゲートのコンクリート床に腰を下ろしていた少年らが競うようにしてトラックの荷台に跳びついた。少年らは片手に先の尖った矛《ほこ》を握っている。

　ゲートを抜けるとアスファルト舗装された道路は三方向へ枝分かれして伸びている。どこのエリアを先に見てまわるべきかと一瞬迷ったが、車は無意識のうちに前方のゴミ運搬車の後ろをついて、入口にZONEIの表示板が立てられたゴミの丘へ向かって進んでいた。丘の頂上へ達する前に、昨日と同様な異臭が車内に漂いはじめているのを感じた。冷房スイッチのON‐OFFだけの問題ではないのかもしれないという懸念はあった。だとすれば、防ぎようもなく、耐え忍ぶ以外に道はないのだという覚悟も即座についた。

　私は、タオルの表面を口のところで押さえつけながら、あたりの様子に目を凝らすことだけに神経を傾けようと努めた。車から降りて詳しく観察すべき場所を求めて、あたりを眺めまわした。エフエンディは、首を左右に振って固く結んだ唇の片側をときおり吊り上げて、不機嫌そうに表情を曇らせている。最後にチップを弾んでやるから文句を言わずに業務をまっとうしてくれと、胸内で彼の横顔に向かってつぶやいていた。

　しかし、このバンタル・クバンのゴミ捨て場にしても、私の記憶にある「あの宝の山のようなゴミ捨て場」とは、まったく似ても似つかぬゴミ捨て場である。当然だといえば当然なのかもしれないが、拾い上げて持ち帰りたいと思える代物など何一つとして見当たらない。へこんだプラスチック容器に潰れた空缶、ぐじゃぐじゃになった黒や白のビニール袋、紙箱類はゴミ汁にまみれてべとべとである。もとの形をとどめぬ腐敗した生ゴミの中では、そのあざやかな色を垣間見せる歯ブラシの柄やそのブランド名の表示がいまだ読み取れる乾電池らが、やけに立派に見えるものである。

そんなゴミ山の上に板切れを突っ立ててビニールシートで屋根をかけただけの掘っ建て小屋に暮らすという人生は、私の目には刑務所の中で暮らす日常よりも苛酷に思える。

ゴミ捨て場の敷地内での光景に視線を走らせながら、私は文豪ドストエフスキーのあの台詞をあらためて思い起こし、胸のうちで繰り返していた。

「人間というのは、なんにでも慣れてしまうものだ――」というあの台詞を。

慣れてしまうと、このような強烈な悪臭でも、事実、鼻につかなくなってしまうものなのかもしれない。そうでなければ、生き地獄だと言っても誇張だとは思われない「ゴミの上に小屋を建てて暮らすという日常」をあえて選択する人々の神経を、どうやって理解することができるであろうか。いくら貧困だといっても、いくら仕事がないといっても、これよりずっとマシな日常を得ることは、選択肢のない子どもを除けば、たとえインドネシアでも、かなり容易だと思われてならないのだ。


見晴らしのいい丘のちょうど頂上部に絶好の光景を見つけた。今まさに投棄されたばかりのゴミの山に住民らが群がっているのである。住民らの服装はこれ以上にないくらいに黒ずんで汚れている。ゴミ山を漁っている彼らのほとんどは働き盛りの男らであるが、中には子どもや女性らの姿もある。男らの多くは、肩に籠《かご》をひっさげている。このゴミ山で回収されているのは、どうやら紙類のようである。こなれた手つきでつぶれた段ボール箱や紙箱類を矛の先端で突き刺し、籠の中に回収している。その様子をより詳細に眺めてみたいと欲し、車から降りようとしたその時、後ろで物凄い勢いでクラクションを鳴らす者がいた。振り向いてみると、バイクに乗った顔つきの悪い男である。エフェンディは、ほれみたことかと言わんばかりの顔つきで私の顔を一瞥《いちべつ》し、サイドブレーキを引き下ろして車を停車させてしまった。邪魔だから、その場所から車を少し脇へ移動してくれとでも言いたいのだろうと考えたかったが、そういう悠長な理由からではなさそうだった。バイクの男は、車の運転手席のそばに横づけしてすごい剣幕で怒鳴り声を上げた。

「てめぇーら、いったい誰の許可を得て、人の島に勝手に踏み込んでいやがるんだい！　死んでしまいたくなかったら、とっとと事務所によらんかい！」

エフェンディは、見るも情けないくらいにオドオドして男に詫びを申し述べ続けた。男の恐ろしい剣幕がようやく収まると、エフェンディは冷ややかに傍観するばかりの後部座席の私を非難がましく、ちらっと見た。

「許可がいるんだってよ！――」

エフェンディは不貞腐れたように言い放って、車を荒々しく発進させた。バイクの男は私らを先導するように前方を先に走りながら、ときおり後ろを振り向いて後続車の追走を確認している。

ゲートの脇にある事務所の存在には偽りなく気がつかなかった。

ゴミ捨て場で暮らす住民らの日常に触れてみたいという純粋な好奇心以外の目的は何もないことを、私は強調した。

事務所の親分らしき男は、いかにもその筋の男らしい顔つきであったが、幸いにも日本人に対する印象は良好であるようだった。日本政府から派遣された専門家がこの地区の環境問題の対策に無償で取り組んでくれているという期待感が、その理由のようである。実際に、つい最近もこのゴミ捨て場の状況を公的に調査してくれたばかりだという。

男はインドネシアではありがちな釈放料としての賄賂を要求することもなく、今日のこの日は認められないが、チリリタンにあるＤＫＩの事務所で公的な許可証を取得すれば、ここの見学も可能だとの助言もしてくれた。

どうやら素直に引き下がれば面倒なこともなさそうだった。

そういった口頭でのやりとりをしながらも、呼吸は少しずつ苦しくなりはじめていた。

私は最後にもう一度、丁重に、許可もなく施設内に浸入したことを詫びてから席を離れた。

「明日にでも、チリリタンにあるＤＫＩに寄ってみるといい――」

正式な許可証があれば、ボディガード付きでいつでも捨て場内を案内してくれるという。

ホテル・ブンガ・カランへ戻ってシャワーを浴びてから服を着替え、帰路についた。

ホテルの駐車場で、車のボディは丹念に洗浄させたつもりであったが、車内に漂う悪臭は消えていなかった。その名残をのこす最大の原因が、エフェンディの身体と服にあることに気づいた。

「明日は、チリリタンのＤＫＩの事務所に行くつもりなのかよ？――」

エフェンディは、終始機嫌が悪いままだった。

「チリリタンのＤＫＩね……」

私はエフェンディの問いに答えを返したくない気分だった。

車窓から眺められる街並みの風景は、いつにもまして殺伐として味気なく思えた。

エフェンディに訊ねられて初めて、チリリタンのＤＫＩになど微塵にも行く気のない、そんな自分に気づいた。一抹の寂寥《せきりょう》感に包まれ、車窓からの風景が、さらに果てしなく味気なく加速度的に退廃していくような錯覚に見舞われた。

靴を脱ぎ捨て、脚を投げ出し、後部座席のシートに横になって頭を両腕でおおった。

風邪のひきはじめのような気だるさが全身に広がって、背筋に悪寒が走るのを感じていた。

リー

一度訪ねた土地へはできるだけ再度出かけないことにしているが、バリだけにはもう数十回も出かけている。日帰り旅行を決行するのもたびたびのことで、出発便の遅れたときなど、現地滞在わずか三時間弱などという日もあったりする。

インドネシアの中のバリは、日本の中の沖縄に似ている。人が違うし、言葉も宗教も文化も芸能も、あらゆるものが他のインドネシアの地域と甚だしく異なっている。

いったいバリのどこがいいのだ、とよく人に尋ねられるが、いつもうまく答えられない。自分でもよくわかっていない。驚くほどの美しい海があるわけでもないし、身も心も落ち着く魅惑の場所だというわけでもない。だがしかし、どういうわけだか、しばらく行かないでいると無性に行きたくなってしまう。バリとはそんな不思議な土地なのだ。

神奈川県の小田原で暮らしていたことがある。神奈川の湘南地方と言えば、国内有数のサーフスポットとして知られ、私にとっては国内で最も住んでみたい地域の一つだった。休日にもなると、普段よりも早起きをして車にサーフボードを積め込み、朝も早くから海へ繰り出す。そんな理想のライフスタイルを実現するのは意外にも容易だったが、喜び勇んで出向いた海岸で、実際に海へ入った確率など半分にも大きく届かない。静かに打ち寄せるさざ波と穏やかな海面をあんぐりと凝視しながら溜め息をもらし、海水に触れることもなく帰路についた日のなんと多かったことか。そんな満たされない日々の記憶があるからこそ、その埋め合わせをすべくバリ通いに夢中になっていたのかもしれない。サーフ可能な波にありつけず、気落ちして帰ったことなど、バリだけでは一度も経験がない。インド洋の荒波が年じゅう押し寄せ、ポイントも多く、サーフィンに親しむ者にとっては倦《う》むことを知らない夢のような島である。とりわけ乾季の盛り八月は、風向きも良く格別の波が立つ。

島の南西部に位置するクタ地方。しつこい物売りやイカサマ連中が多くはびこっていて、旅に高級感とくつろぎを求める観光客には向かないエリアだが、安宿が多く、ビーチにも近く、空港からの便はすこぶる良い。旅に安さと便利さを最重視する者にとっては、利にかなったおあつらえ向きの場所とはいえるだろう。ビーチ周辺にうろつく、種々雑多な物売り、暇を持て余したゴロツキ。まったくもって鬱陶しい連中ではあるが、扱いに慣れてしまうと、退屈しのぎには格好の相手にもなる。今でこそ連中と顔見知りになり、現地相場で物を買い、無料で荷物を預かってもらうのも可能になったが、そんな関係をつくりあげるまでには一年以上もの時間が必要だった。連中との関係を目覚ましく良好にしたのは、日本からの男性週刊誌。ときおり日本からやって来る出張者がおみやげ代わりに置いてゆくそれを読み捨てずに彼らに提供してやればいいだけである。イスラムの国インドネシアには、ポルノ雑誌というものが存在しない。オッパイ丸出し娘の裸写真がひしめく日本の男性週刊誌、年若い現地の男にとってのそれは、何ものにもかえがたい貴重なものとなりえるのである。

レンタルボードの貸し出し屋として生計を立てるアッサンは、スマトラ出身の二十歳手前の男である。ユーモラスな丸っこいサングラスがお気に入りで、ぽってりとした厚ぼったい口許には柔和な笑みを絶やさない。いかにもナンパな風情を色濃く漂わす、そんな典型的なビーチボーイである。

真偽のほどは定かでないが、彼が自慢げに語って聞かせる日本人女性との体験談は、ここに書いて紹介するには憚《はばか》られるような話ばかりである。全部が全部マコトの話だとは信じがたいが、まったくのつくり話だとも思えない。深夜のレギャン通り、海岸沿いのレゲエクラブ、島のあちこちで、それらしき結末に通ずるであろう光景を目にするのは、それほど珍しいことでもない。女性にだって思う存分、性を楽しむ権利はあるのだと理屈では理解できても、実際にそのような光景を見せつけられるたびごとに、ある種の口惜しさに似たやるせない感情がつのるのを静めるのは簡単なことではない。まだ学生で沖縄にいた頃、真夏のビーチや米軍専門のディスコで、観光客の年若い日本人女性が駐留米軍人に肩を抱かれ、即席の大恋愛よろしく、さも愛しげに消えて行くのを目にして、あんなにカッコのいいアングロサクソン系の白人どもが相手なら致し方もあるまいと妙に納得していたが、相手がバリのビーチボーイだと話は違ってくる。釈然としない気持ちがいさみ立ち、みるみるうちに不愉快になってゆく自分を抑えることは決して容易ではないのである。

一九九五年の八月は、とりわけバリに通いづめの夏だった。

大阪出身の日本人女性、リーと出会った夏だったから。

その日のお昼前、早朝からのサーフを終え海から上がると、クタ・シュービュー・コテージ前の砂浜はまたいつものような人だかりだった。

サーフボードを板枠に立てかけながら視線をやると、その人だかりの中心にいるのは、やはり日本人とおぼしきひとりの女性だった。思わず口許がひずんでせせら笑いがもれるような気分だった。

「ヨー、サキ！」

環の中心に陣取っていたアッサンが陽気な声をあげて私を呼んだ。快活な瞳が興味深げに私の方を見た。いたずらっぽく微笑む口許から白い歯が覗いている。濡れそぼった長い髪の先が肩の上にたれている。平静を装い歩み寄ると、アッサンが私のことを彼女に、

「この人ハーフね、チャンプルね、半分日本人、半分インドネシア人——」とさもそれらしく、しかし今にも吹き出しそうに鼻をふくらませながら言い放った。

「……日本語も話せるんですか？」

まるで現地の目下の男にでも話しかけるような調子で彼女が私に訊いた。

「日本人なんですけど……」

彼女はびっくりしたように目を見開いた。

「よく間違われるんです、ここの人間に——」

彼女は即座に言葉を返そうとしながらも、適当な言葉が見つからないといったふうで目をぱちく

りと瞬いた。

「……すいません、――地元のビーチボーイだとばかり……」

彼女は遠慮のかけらも見せずにつぶやいた。

アッサンは彼女のことを、自分の恋人のリーだと私に紹介する。インドネシア語の理解できない彼女は何か言いたげに私の顔を覗き見た。

バリに独りで何度もやって来る日本の若い女性が多くいるのは知っていた。彼女も五度目のバリだという。

色白美形でスタイルも良く、おまけに実に陽気で快活な彼女は、クタのビーチボーイの間でも絶大な人気があるようだった。

いったい誰が真っ先に彼女をものにできるのか、などと公然と口走り、互いに臆することなく、その道の名誉をかけて競い合っている。彼女の方といえば、巧みな仕草で連中の気を引きつつも、決してそれ以上のものは許していないようである。そのかわし方が妙を得ていて、イヤな感じがなく、先天的に女としての知恵のきく賢い女性なんだろうなあ、と感心するのに時間はかからなかった。

ここ数年来の趣味だというブギーボードの腕を上げるべく、ひたすら海に入ってばかりの彼女は、なかなか容易にはめぐり合うことのできない、そんな魅力的な女性だった。

「よろしければ、今晩一緒にお食事でも致しませんか?」

太陽ぎらぎらの白い砂浜にしゃがみ込み、ミネラルウォーターのペットボトルを膝の上で転がしながら、傍らの私にそんなふうに誘いかけてきたのは彼女の方だった。

レギャン通りのシーフードレストランでの食事は愉快だった。

インドネシア風に指での食事の仕方を教えてやると、彼女は面白がって私を真似た。親指の使い方など、私よりもうまいくらいだった。ロブスターや蟹の白肉を甲羅《こうら》から器用に引き剥がし、さも嬉しそうにインドネシア産のぱさぱさライスの上でこねくりまわし、口の中に放り込む。勢い余った彼女は、最後に現地人でもやらない離れ業を私に披露して見せた。チリソースでべっちょり汚れた右手の五指を閉じてからくぼませ、即席の指スプーンよろしく、カップの中のチキンクリーム・スープを器用にすくって飲んで見せたのである。

「ああ、おいしかった！」と言って食事の手をようやく止めたときの彼女の顔は、冷蔵庫の奥に隠しておいた大好物のプリンを、こっそりと食べ終えたときの少女のそれだった。

「あれは、小学四年生の夏休みのことでした――」

深夜のクタ・ビーチの砂浜に腰をおろして膝を組み、真っ暗な海を眺めながら聞いた彼女の話は、切なげな哀愁を漂わせて昔話風にはじまった。

少女漫画の家出少女の物語に心を打たれた彼女は、突然自分も家出をしてみたくなったという。両親に気づかれないよう、遠足用に買ってもらったリュックサックに着替え用の服を詰め込み、冷蔵庫にあった缶ジュースと夏みかんを忍ばせ、母親のガマ口から電車賃をくすねて、朝も早くから出かけたという。目的地は以前行ったことのある和歌山県の海岸。電車の中で缶ジュースを飲み、夏みかんを食べ、ときどきリュックサックの中から取り出した漫画本に目をやり、何度も電車を乗り換えし、何時間も電車に揺られて和歌山県の海岸に辿り着いたときには、空もすっかり夕焼けに染まっていたという。人気のない海岸をどこへ行くとも知れずに歩いているといったところまで話すと、彼女は突如、「この話の続きは来週の土曜日ね！」と言って立ち上がった。空はうっすらと白みはじめていた。

「じゃあ、また来週ね……」

彼女は思わせぶりに呟《つぶや》いて、ポピーズ通りの奥へ消えてゆく。花柄のショートパンツにオフショアのノースリーブ。彼女の姿が見えなくなるまで、私は静まり返ったデコボコ道の端で立ちつくしていた。一ヵ月近くも熱帯の日差しに照らされながらも、いっこうに黒く染まらない彼女の赤みを帯びた白い肌がいよいよ悩ましいものとなっていた。

その翌週の土曜日は、仕事が立て込んでバリに行くことはできなかった。

その旨を彼女に伝えるため電話の一本くらい入れておこうかとも思ったが、次の週には何が何でも出かけると決めていたので、声くらい聞いておきたい気持ちを押し殺して辛抱してしまった。

翌々週の土曜日、彼女の滞在する宿屋へ空港から直行したが、彼女の姿はすでにそこにはなかった。予定を変更して帰国してしまったのだろうか、先週連絡するのを怠ったことを悔やみながら、常宿にチェックインを済ませ、ビーチへ急いだ。

普段となんら変わりない光景。飲み物売りのマデはビールケースをひっくり返した底に腰を下ろして客待ちをしている。レンタルボード屋のアッサンは立て並べたサーフボードの陰で強烈な陽光を避け商売仲間と無駄話に興じている。

マデが私に気づいて親しげに高々と手を上げて合図を投げた。

ビンタン・ビールの栓を抜いてもらい、マデのそばに腰を下ろして乾いた喉に流し込んだ。アッサンがふざけた嬌声を上げて私のそばに滑り込んで来た。頃合いを見計らってリーのことを何気なく尋ねた。

「彼女ね……彼女はもう、レギャンの別の宿に移っちまったのさ――」

アッサンは突然思い出したように、さも口惜しそうに吐き捨てた。アッサンから耳にしたリーの近況は私にとっても絶望的なものだった。

リーはレギャン通りのパブで知り合ったバリニーズのある男に夢中になり、男の近くに宿を移し、今ではクタビーチに姿を見せることもなくなったのだという。どうやら、その男と片時も離れることなく、レギャン、そしてサヌールあたりの海岸に行動の場を移したらしい。私に対する伝言もまったく残してはいなかった。

「リーも、とうとうあいつにやられてしまったのさ――」

アッサンが吐き捨てた言葉が、耳許で際限なくこだまするようだった。やめたはずの煙草に火をつけ、ビンタン・ビールのボトルを三本飲み干した。連中の無駄話に相槌を打つのが億劫《おっくう》になった。何かを悟ったのか、口にこそ出さないが、アッサンは私の顔を覗き込み、奇妙な笑い方をしている。

八月最後の週末、目の前には勢いづいた荒波がこれ以上にないレベルで激しく立ち割れていた。

これまで目にした中でも最高の掘れ方だった。ゆっくりと腰を上げ、立てかけたボードを引き寄せた。太陽熱ですっかりふやけてしまったワックスをザックから取り出し、右手で強くボードの表面にすり込んだ。ウォーミングアップもおろそかに、砂浜から小走りで海へ突っ走った。崩れ落ちた巨大な波が白い泡の山となって押し寄せ、なかなか沖へパドルアウトできなかった。轟々と音を立てて打ちつけてくる波は怒り狂った獣のように襲いかかってくる。砕け散った飛沫が煙のように立ちこめている。視線の先ではバランスを失ったサーファーが波の斜面で真っ逆さまに叩きつけられている。何度も押し戻されては突き進み、何度もひっくり返されては起き上がり、やっとのことでセットの向こうへ出るのに両腕は二本の棒杭のように感覚を失っていた。呼吸は早く浅く途切れ途切れでむせ返してくるようだった。己の技量を超えた特別な波だというのは承知だった。

ボードの上に立ち上がったかと思うとテールが持ち上がり、ノーズが海面に突き刺さるように落ちてゆく。何とか持ちこたえ波の斜面を滑り上がると、ボードもろとも大空に向かって跳ね飛ばされる。掘れまくった波に呑み込まれてはでんぐり返り、どこが海底でどこが海面なのかもわからなくなる。洗濯機の中でかき回される洗濯物にでもなったような感覚だった。それでも岸には上がりたくなかった。

いくつかのセットをやり過ごし、さらに沖へ向かってパドリングを続けた。見渡す水平線の彼方が無気味に持ち上がるのがわかった。時間と共にうねりはさらに巨大化している。あまりの恐怖感に一瞬逡巡したが、挑んでみることにした。ピークに向かって全力で腕を漕いだ。うねりの斜面が徐々に厚みを増して近づいて来た。なんとかいいポジションにたどり着けたように思えた。タイミングを見計らってボードを切り返し岸へ向かって加速を試みる。巨大なうねりは、あっという間に急角度で立ち迫ってきた。ボードに立ち上がった次の瞬間は三階建ての屋上から下に飛び降りたような感覚だったが、歯をくいしばって膝を突っぱね、うまくボトムへ降りることができた。ワン・アップ、ワン・ダウン、トゥー・アップ、トゥー・ダウン……。波の斜面を疾走するうちに速度が増し膝が震え出した。一足飛びの未体験ゾーンに入っている。頭上から落下してくる波を避けようと、慌ててバックサイドにターンを試みようとしたその刹那、ボードがいうことをきかずに横向いて暴走する。からだは青空を仰向いて跳ね飛ばされる。両足は空中を面白いように舞った。ウレタン質のボードは鉄砲玉のように跳ね飛んで視界から消えた。後頭部からボトムに突き落ちた。右の足首がパワーコードに勢いよく引っ張られる感覚が走った。海面に叩きつけられると同時に膝を折り込んだが、恐怖心から頭をすぐに持ち上げてしまった。右のこめかみにサッと引くような鋭痛が走った。

しまった!

パワーコードで引き戻ったサーフボードのフィンにやられたのだった。指先をこめかみに当ててみると皮膚が縦に裂けているのがわかった。海底を向いてもぐり泳ぎ、ゆっくりとパワーコードを引いてサーフボードを手繰り寄せた。海中から見上げる海の表面は荒れ狂ったように立ち騒いでいるというのに、海の底は不思議なくらいに穏やかな世界だった。地の虹が海中にらせん状の帯をつくっていた。水面上に顔を出すと、どくどくと鮮血が流れ出したが、どうすることもできなかった。流れ出す鮮血に塞がれ右目は開けていられなかった。

砂浜で横たわる観光客の視線が気になり、しばらく岸へ上がることができなかったが、身につけているものが海パン一本では隠す術もなかった。仕方なく岸へ上がって小走ると、膝の下まで血を垂れ流す私に気づいた行楽客たちがたちまち目をむいた。親切な中年の白人男性が走り寄って来てビーチタオルをあてがってくれた。砂浜を突き抜け、すぐに宿へ向かった。シャワーで海水を洗い流し、ジーンズとTシャツに着替え、こめかみにタオルを押し当てながら部屋を出て、タクシーを拾った。縫合の手当てはすぐに受けることができた。目をやられなかったのは幸運だった。宿屋に戻った頃には日も暮れていた。日中の熱気がいまだ冷めやらない冷房設備のない安宿は、こんなときにはむさ苦しかった。昼間からビール以外何も口にしていないのを急に思い出し激しい空腹感に駆られたが、わざわざ出かけるのも面倒だった。

座り心地のかんばしくない竹椅子に腰かけ、ぼんやりと物思いにふける。

こめかみの傷口が熱を持ちはじめているのに気づいた。傷口が心臓の鼓動に合わせ小刻みに脈打っているのを感じた。薄っぺらなベッドにからだを移し、ぐったりと仰向き、すすけた天井をぼんやりと眺める。黄ばんだ天上扇の軸が、今にも抜け落ちそうに危うい震動を起こしている。波打つプロペラが歪んだ弧を描いている。

乱暴な手つきで部屋の照明のスイッチをＯＦＦにした。

目の前に浮かんでは消えるのは、ロビナという名のビーチボーイに甘く優しく弄《もてあそ》ばれる、そんなあられもないリーの痴態だった。

最後なる秘境——イリアン・ジャヤ——

首都のジャカルタを飛行機で発ち、デンパサール、ウジュンパンダン、アンボン、ビアク、ティミカ、ジャヤプラと面倒きわまりない六度ものトランジットを経て、バリエム渓谷の高地にあるワメナに辿り着いたのは三十四時間後の朝だった。

奥深いジャングルと五〇〇〇メートル級の山々に囲まれたバリエム渓谷周辺の人びとの存在は、その自然条件のおりなす厳しさが他の民族の侵入をかたくなに拒み続け、一九三六年、オーストラリアのウィッセルによって空から発見されるまで、外部には知られていなかった。

イリアン・ジャヤを旅したアメリカ人のトラベルライター、チャールズ＝コーンに「過去が現在と同居し、石器時代の人間が二十世紀に暮らすような過去——」と言わしめたワメナ周辺の人びとを目にしたときの衝撃は、初めて女性のすべてを見てしまったときのあれに似ている。

人類のはじまりを意識せずに、この地を旅することはきっと誰にもできないことだろう。

大人の男たちは、コテカと呼ばれるペニスケースを陰茎にかぶせているが、キンタマ袋は露出している。草で編んだ腰蓑姿といういでたちの女たちは、下半身の大事な部分をその下にかろうじて隠しているが、豊満な乳房は人目にさらしている。その一連の挙動や眼の動きの中に、何やらカクカクとした落ち着きのない動物的なものが残っている。学術的な言い方をすれば、旧石器時代の身体的特徴をよく残している、ということになるらしい。

現在のチンパンジーの祖先から進化したという人類。常習的に直立二足歩行する猿人が地球上に現れたのは、今から五〇〇万年前の東アフリカ。猿人類から原人へ、原人から旧人へ、さらには新人へと進化した、現在の人間。

アフリカで猿人の一種から進化した原人が一〇〇万年前にユーラシア大陸に拡散し、最初に定着した土地の一つが東部インドネシアを含む東南アジアである。

一八九一年、オランダのデュボアによって発見されたヒトの化石は、ピテカントロプス・アレックス（直立猿人）と命名され、後にジャワ原人と呼ばれるようになった。興味深いことに、現在のパプア系の人びとの祖先は、このジャワ原人である可能性が高いという。海面が現在より五〇メートル近くも低かった五万年前、ジャワ島をホームグランドにしていた原人の一部の集団がカヌーやいかだにのって海を渡るようになった。オーストラリア大陸にまで移動していった集団の一部が現在のアボリジニの祖先であり、ニューギニア島にとどまった別の集団が現在のパプア系の祖先であるという。

やがて地球の温暖化により海面が上昇してからの彼らは、大海によって世界から隔離されたまま独自の進化を遂げるようになる。苛酷な自然環境のもとで人口を増やすことができず、他民族との交流を持つ機会も得られず、原始を脱せぬままに現在へと至る結果となった。

実際のところ、現在でもアボリジニの一部は、いまだオーストラリア大陸の荒地を半遊牧民的に歩きまわり、槍やブーメランを武器に狩りをし、食物や昆虫を集めて食料にあてる狩猟採集の民族集団である。また、当のニューギニア高地人は、食物の生産性が低く、マラリアの脅威にさらされ続けるニューギニア島低地から逃れていった人びとの子孫だと推論されている。ニューギニア高地人は、アボリジニと比べ文明との接触がさらに遅れたために、より原始の姿を強く残しているというのが学説のようである。

ワメナ周辺を見て歩くのは、原始的なもの珍しさにあふれていて興奮の連続であった。

パサール（市場）で私に声をかけてきたダニ族のおじさんの目は、上下に三センチほどもずれていて、ほとんど化物の様相を呈していたし、クリマ村で見かけた男の子の頭は、ひょうたんをひっくり返して握りつぶしてしまったというような凄まじい形をしていた。近親交渉が多いことによる突然変異のせいであろうか、それとも何か別の原因でもあるのだろうか。見た瞬間、思わず自分の目を疑ってしまいそうなくらいに異様な人間が多いのである。

ロスメンで出会ったダニ族の青年らも信じ難いほどに奇妙な連中ばかりだった。ピナンと呼ばれる嗜好品（ピナン、シリ、カプルと呼ばれる三種類のものを口の中で混ぜ合わせるように噛みながら、その滲み出す赤い汁を吸う）を狂ったように飲み続け、にやけてばかりいる。もしかして？　と思いためしてみるとやはりそうだ。要するにラリったような気分になってくる。ジャカルタから持参したグダン・ガラムの煙草を土産にやると、一本もなくなるまで一気に二箱も吸いつくしてしまうという輩もいて、ド肝を抜かれてしまった。快楽というものに対しての自制心を持ちえないということであろうか、ダニ族のこの土地では、一切の酒類が禁止されている。彼らに酒を与えると、とめどなく酔っぱらってもめごとを起こし、しまいには殺しあいがはじまってしまうからという理由らしい。

ワメナでの最終日のその朝、私はいつになくゆっくりとした朝を迎えた。ワメナ周辺の主な場所はひととおり見てまわったし、あとは明朝ジャカルタへ戻るだけだ、最終日の一日くらいゲストハウスでゆっくりと過ごそう、帰りの長い飛行時間のことを考えると身体を休ませておいた方が楽だろう、と考えたからである。そして私は、それで充分に満足だと感じていた。

ゆっくりと寝床から起き上がり、タオルを肩にかけてゲストハウスの中庭にある共同の水場へ向かったのは、旅行中のいつもより二時間ばかりも遅い九時頃だった。ポリタンクに溜められた雨水をすくって手っ取り早く顔だけを洗った。調理場へ足を運んで小間使いの男に朝食の用意を頼んだ。お湯だけならいつも不自由なくゲストハウスのセールスポイントとして常時ポットの中にあった。自分で入れた紅茶を手にして食事室へ入った。ゲストハウスの従業員の男は朝っぱらから居眠りをして伸びきったトカゲのような体で床の上にひれ伏していた。見知らぬダニ族の青年がひとり、何やら奇妙な種のようなものをテーブルの上に広げ、それをつまみながらくつろいでいた。

プラスチック製のひんやりとした椅子の上に腰掛け無言で紅茶をすすっていると、そのダニ族の青年は、何度かちらちらと私の様子をうかがった後、何やら興味深げにおどろおどろと私のそばににじり寄って来た。

「Where you from ?」

ひどく間延びした英語である。青年はよほど緊張しているのか、震えるような声で言った。

「日本からだ」と即座にインドネシア語で答えると、その男は大袈裟にびっくりした様子を見せた。その洋服を着たダニ族の青年は、その顔つきからして比較的教養のあるふうにも見え、土地の言葉以外にも流暢なインドネシア語を話した。そのイサと名乗る青年は私が好奇心にまかせて彼の身の上に関するいくつかの質問を投げかけると、たちまち饒舌《じょうぜつ》になり、さかんに自慢話ばかりを繰り返した。インドネシア語が操《あやつ》れること、少々の英会話なら口にできることが、彼にとっては大得意のようであった。やがて出された皿の上の朝食をすべて平らげてしまい、彼の自慢話にも退屈を感じ立ち上がって部屋へ戻ろうとすると、イサは唐突に、「ワメナを案内してやろうじゃないか!」と私の前に立ちはだかって申し出た。あいにくこの辺りの見所めぐりは終えてしまったのだ、と丁重に断ったが、なかなか引き下がろうともせず、しまいには彼のしつこい誘いに根負けして、一緒に出かけることになってしまった。

しかしこのイサは、ゲストハウスを出た後も延々と自慢話を続ける上に、私がすでに一度見てまわった場所ばかりを案内しようとする。

私はとうとううんざりして、「同じ場所に二度行くのはつまらない」と自分の思いをはっきりと告げた。すると、イサはまた何やら独り言をはじめた。俯《うつむ》いてぶつぶつつぶやくこと、それはイサが困ったときに見せる奇妙な癖の一つだった。そうでもしなければ、何も考えることができないといった様子である。いったいどうすればいいものかと結論が出せず、しだいに石のように固まってゆくイサがとつぜん顔を上げ、急に思いついたように叫んだ。

「俺の親父の暮らす集落へ案内してやろう！」

空港近くのベモターミナルを出発して乗合バスで一時間半、運転手にチップをはずんで車が通れるところまで行ってもらい、加えて徒歩一時間ほどで辿り着いたその集落は、ワラ葺《ぶ》きのホナイと呼ばれるつくりで、この辺りでは特に珍しいものでもなかった。だがしかし、そこでは他の場所では絶対に許してくれなかった女性のホナイの中を覗くことができた。じめじめとした土間で、オッパイがふくらみはじめたばかりの少女がうっとりとした艶な表情で豚と戯れている光景は、やはり我々の常識からすると、とてつもなく異様に見える。ダニ族の若い女性たちは、ブタにも自分のオッパイを吸わせるらしい。いったいぜんたいブタに乳を吸われる気分というのはどういう感覚なんだろうか？隣にいるイサに訊いてみると、「Maju（インドネシア語で進歩という意味）」という答えが返ってきた。「何が、Maju なんだ」と訊き返すと、「Orang Dani Maju, Orang Dani Maju ……（ダニ族の進歩、ダニ族の進歩……）」と呪文のように繰り返している。ダニ族の進歩とブタにオッパイを吸わせることの間に、いったいどういう関係があるというのだろうか。ダニ族を理解するには、人類学者と友だちになるしか術がないというのは、確かな事実なのかもしれない。

ダニ族の食習慣は通常朝夕の一日二回とは聞いていたが、このイサも、朝からあの奇妙な種以外はまったく何も口にしていなかった。ときおり気になって、リュックサックの中のビスケットやチョコレートやらを食するついでに、イサの前に差し出してはみるものの、いっこうに興味を示さない。何とかミネラルウォーターのペットボトルだけは受け取ってくれたが、一口だけ口にすると勢いよく吐き出し、「甘くない」とほざいて、近くに溜まっている泥水をすすっている。

その集落で過ごした、あのわずか数時間ばかりのひとときは、何かつくりものの架空の世界にでも紛れ込んだような、奇妙な感覚に包まれた不思議な時間だった。

そうこうしているうちに時間も午後の二時近くになった。そろそろ戻らなければと思い、「帰りたい」と伝えると、「俺の親父のホナイに泊まっていけ」という答えが返ってきた。「あさってからは仕事なのでそういうわけにもいかないのだ」と説明してはみるものの、「気にするな」とか「友だちだ」だとか、見当違いな返事ばかりが返ってくる。必死に粘って、帰りじたくをはじめてくれるまでに一時間近くもかかってしまった。

ようやく歩き出したイサの後を追って辿り着いた場所は、どういうわけか川のほとりだった。変だと思って尋ねてみると、「歩くと十時間かかるので川を下っていく」と言い出した。どうやらこの辺りで車を手配するのは不可能だ、ということらしかった。だからといって舟らしきものも見当たらず、「どうやって下っていくんだい？」と不思議に思って尋ねると、「そこで座って、待て！」と言う。しばらくすると、何やら仲間が集まって来て、近くの樹木を切り倒しはじめた。三人乗り程度のイカダができあがるまでに、大した時間はかからなかった。まだ大学生だった頃、『クロコダイル・ダンディ』というオーストラリア映画が流行っていたのを思い出す。そのイリアン版とでもいうべきであろうか、その自然を相手にしたときの一連の動きには、見惚れてしまうくらいに無駄がない。一本のナタと素手で次々に木を切り倒して巧みに切り込みを入れ、若竹を見事にさばいてつくり上げた紐で一気に巻き上げると、いとも簡単に立派なイカダができあがった。私はしだいに彼らのことを尊敬のまなざしで眺めるようになっていたように思う。

感動のあまり意気揚々とイカダに乗り込むまでは良かったが、その後がまた大変だった。一週間前の地震で川の地形でも変わったせいであろうか、途中から激流が渦巻き、イカダが前方につんのめったり、跳ね上がったり、反転したりで、何度も振り落とされそうになる。赤道直下の熱帯ではあるが、ここは海抜一六〇〇メートルもある高地で、川の水温も縮みあがるほどに冷たい。泳ぎに自信はあるが、この水温では川辺に泳ぎ着く前に全身痙攣《けいれん》で死んでしまう可能性だってある。振り落とされる訳にはいかないのだ、と必死になってイカダにしがみつき、ようやく目的地に着いたときには、ふらふらになって放心状態に陥り、しばし地面の上に座り込んでしまった。

辺りは次第に暗闇に襲われ、そうのんびりしているわけにもいかなかった。帰り道を急ぎ、ようやく小さなパサールに着いて、ベモ（乗合バス）に乗り込んだ時分には午後の六時を過ぎていた。これでなんとか無事に帰れると安心したのも束の間、このおんぼろベモは十五分も走らないうちに後部タイヤの破裂で止まってしまったのだ。

ワメナの宿に辿り着くまでの約八時間の徒歩の旅は、思い出したくもない。寒さと空腹に耐えながら、懐中電灯の明かりを消すと一メートル先さえも見えない暗闇の中をひたすら歩き続けるハメになってしまった。ジャングルの谷間から見上げる空は、幸い雨こそ降ってはいないものの、ぶ厚い雲に覆われているのであろう、月どころか星ひとつ見えなかった。低く垂れ込めた黒紫色の濃霧が、黒い山肌に無気味な陰影を映し出しては吹き流されていた。私の前方を歩くイサは、相変わらずわけもわからず、突然マントヒヒーのような物凄い叫び声をあげたりする。いったいどういう訓練をすればあれほどの凄まじい声を出すことができるというのだろう。初めて耳にしたときには猛獣でも出現したのかと驚いて、その場にしゃがみ込んでしまった。夜中の二時頃になって、ようやくワメナのほの暗い灯りを目にしたときには、思わず涙がこぼれそうになって前方のイサに握手を求めたが、無視された。

翌朝私を起こしてくれたのは、イサだった。彼が来てくれなかったら、私は完全に寝過ごして、予定の飛行機に乗り遅れていたに違いない。慌てて帰り支度をすませ、空港へ向かい、ぎりぎりのところで搭乗口に乗り込んだ。待合室の扉を押して、滑走路に止まっている飛行機へ向かおうという段になっても、イサは私の方をフェンス越しに、じっと見つめていた。いったい彼は私のことをどういった感情で眺めているのだろう。ロクすっぽお礼も言わずに帰ることになってしまったことを後悔しつつ、軽く手を上げて別れの合図をすると、またいつものニタニタ顔に戻っていた。旅の醍醐味《だいごみ》を味わわせてくれたという意味においては、最高級のガイドだったのかもしれない。

残念ながら、文明の嵐はこの地にも確実に訪れている。世界中の未開の地に一番最初に足を踏み入れるのは、キリスト教の宣教師と相場が決まっているらしい。集落のいたるところでは、すでに堂々とした十字架がそびえ立っている。パラボラアンテナによるテレビの普及も徐々に進んでいるようだ。このワメナ周辺に限っていえば、あと数年もしないうちに、完全に様変わりしてしまうだろう。

しかし、この広大なイリアンのジャングルの中には、間違いなく、まだまだ未開の原住民が潜んでいる。帰りの飛行機の中、私の隣の座席についた洋服を着たダニ族の青年は、私に自慢そうに話していた。「Orang Dani Sudah Maju, Yang Lainnya Masih……（ダニ族はすでに進歩した、他の部族のやつらなんて……）」。

あのイサがさかんに口にしていたような台詞である。

一九九一年一月、インドネシア政府がイリアンに調査隊を派遣したが、見つからなかったというアマゾネスは、いまだ木の上で生活する女だけの集団で、セックスはふつうオスの犬とやるという。たまに迷い込んできた人間の男がいると、捕まえて、いたぶった挙げ句、種付けだけさせて殺してしまうらしい。

また、当時の読売新聞（一九九六年七月三日付夕刊）紙上では、イリアンで新たに背が高くて肌の白い謎の原住民が目撃され、話題になっていることを報じていた。

このイリアンのジャングルには、世界中で次第に姿を消しつつある秘境と呼ばれるに相応しい場所、原始そのままの生活を続けている人々がいまだ確実に存在している。命を賭けてジャングルの中を突き進んで行く勇気があれば、誰にでもきっと、ぶっとびのグッド・トリップが体験できるだろう。

次第に高度を上げはじめた飛行機の小窓から、深茶の大河が渦巻くイリアンのジャングルを眺めながら、真っ黒な顔を紅く染めブタと戯れていたあの少女のことばかりを考えていた。

耳長ばあさん

真っ黒な雨雲が押し寄せていた。

時刻は午後の三時をわずかに過ぎたばかりだというのに、あたりは無気味な静けさの中で、刻々と暗みを増していた。目の前を、数羽の小鳥が慌てた様子で翼をはためかせ視界の外へ消えていった。天空が黄色がかったセピア色に染まったかと思うと、やにわに冷気が駆け抜け、たちまち激しい雨になった。さながらガラスの棒杭が、激しく、強く叩き落ちてくるといった、そんな印象の凄まじい降り方だった。打ちつける雨粒は、頭上の屋根の上で、眼下のアスファルト舗装の表面で、まるで機関銃の連続発射のごとく鋭い音を響かせていた。あまりの凄まじさに肩をすくめ、首を縮め、目を見開いてはその様子を凝視していた。臆病な幼い子どもだったら両手で耳をふさいでしゃがみ込み、しまいには泣き出してしまうかもわからない。

互いの声が聞き取れず、クタイ族の青年イスハとの会話もしばらく中断しなくてはならなかった。細かく砕け散った雨粒が霧状の飛沫へと変質し、二階のテラスまで押し寄せてきた。鳥肌立った皮膚がだんだんと湿り気を帯びてくるのがわかった。バルコニー・チェアを両手で支え、腰を軽く持ち上げ足裏をすべらせ、壁際まで移動した。傍らのイスハは何らおかまいなしに身動きひとつせずにいる。雨で煙って見えなくなった空の方向を、ただぼんやりとうつろな視線で眺めている。独り身の老人が不意に見せたりする、そんな淋しげな表情に似ていた。

マカハム川上流域への船旅はここコタ・バグンからはじまる。陸路が途絶え、ここから先の移動は、水路に限られる。

身の丈一メートル五〇センチにも満たない小柄なイスハ。もうすぐ二十八歳になるというのに、子どもみたいに体力がなく、乗り物の振動に弱く、村から出たためしはほとんどない。特に苦手とするバスに乗ろうものなら、たちまち気分が悪くなり、吐き気をもよおし、ひどいときにはしばらく病気になって寝込んでしまうという。そんなイスハにとっては、東カリマンタン州の州都サマリンダさえ遥か遠くの見知らぬ土地なのだ。

欧米人なら何度も目にしたことがあるが日本人を見たのは初めてだ、と言ってイスハは私のことを珍しがり、宿泊中何かと世話を焼いてくれた。イスハの稼業は、しがない宿屋の掃除番。虚弱なからだでは仕事の選り好みもままならず、叔父の営む宿屋に世話になり、雇ってもらっている。毎日まじめに働いているが、労賃など一度も頂いたためしがなく、部屋と食事を提供してもらっているだけだという。だからといって別段不満そうな様子でもない。話を聞いてあきれ返り、いったい将来の夢や希望とやらは何なんだい、と尋ね聞くと、イスハは澄んだ瞳をひときわ輝かせ、恥ずかしげに小さな声で答えた。

「いつの日か、もし願いがかなえばの話だけど……ダヤック族の女性と結ばれたいんだ」

イスハのこの独白は私をはなはだ驚かせた。かつての首狩族、そんな血筋を持つダヤック族の女性に、かような恋慕の情を寄せる異族の者がいるとは実に意外だったからだ。私はイスハに対する好奇心がある種の親しみを伴ってふつふつと湧き起こるのを感じた。

痩せこけた病気がちの身体、頬骨の突き出た貧相な顔つき、とても女性に好まれる型の男には見えない。だぶだぶの薄汚いジーンズはひび割れたベルトによって、かろうじてずり落ちずにとどまっている。よれたシャツの首周りは大きく開ききって、骨ばった貧弱な肩先をいっそう強調している。収入ゼロの現状では致し方もないのであろう。イスハの無邪気な唯一の願いも、美しい夢物語というにとどまって、いずれ厳しい現実に直面し、ついには当然の結末を迎えることだろう。そんなイスハの将来が、薄ぼんやりと思い浮かんで、忍びない思いが募った。

出発の朝、部屋の外に出ると、竹ぼうきを手にしたイスハが薄暗い廊下を、例によって淋しげにぼんやりと掃いているのが目に入った。階段の踊り場からバルコニーの板敷き床の方へ、ただ習慣的に掃いているといったふうで、その様子は雨のぱらつく憂鬱な天候ともあいなって、よりいっそう淋しげに見えた。私は肩にかけたリュックを娯楽室の椅子の上へ降ろし、しっかりと閉じた口を再び解いた。何かと世話を焼いてくれたお礼に、知り合えた記念に、何かを残して去りたいと考えたからだ。とはいうものの、リュックの中をいくらかきまわしてみても、イスハにとって役に立ちそうな物は何一つなかった。仕方なく私は、二日前の夕方、サマリンダの市場で買った黄色のTシャツを一枚引っ張り出した。Lサイズのそれは小柄のイスハにはとても着れないものだとはわかってもいたが、そんなことは問題ではないという気もしていた。

「少し大き過ぎるかもしれないけど、良かったらもらっといてくれ！……実を言うと先日サマリンダの市場で買った安物だけどね」

イスハは滑稽なほどに感極まり、突き出た頬の筋肉をひくひく痙攣させ、船着場まで案内させてくれと申し出た。遠慮して逃げるように歩き去る私の後ろを、イスハは子どもみたいに追いかけて来て、そばをついて歩くのだった。

船着場に着いて別れる間際に、ふと思い立った。

〈記念写真でも撮って後日送ってあげよう〉

桟橋の隅の方へイスハをうながし、マカハム川をバックにカメラを向けた。と、イスハはびっくりしたように恥ずかしがって跳び退《すさ》り、一目散に逃げてしまった。唖然《あぜん》として立ち尽くしている私の後ろで、船頭が急かすように声を上げた。

「とっとと早く、舟に乗ってくれよな！」

船頭は一刻も早く舟を出発させたくて仕方ないようだった。やむを得ず舟底の敷板の上に踏み降り、雨よけの低い屋根をかいくぐった。舟がゆっくりと動き出すと、イスハは身を隠していた家屋の影からひょっこりと姿を現し、慌てた様子で桟橋の端に走り出て来た。イスハは桟橋の上で立ち尽くし、さも名残おしそうに遠ざかってゆく舟を呆然と眺め続けているのだった。

旅の出だしが、こういった形でスタートできたときには、いつもいい旅ができている。今回の旅もきっと満足のいく旅になることだろう。そういった思いがしみじみと湧いてくるのを感じていた。

一〇人ばかりの乗客をのせた舟は大河マカハムの赤茶けた水面を鋭く切り裂きながら、最初の目的地ムアラ・ムンタイを目指していた。印象深く真っ先に目に入ってきたのは、川辺のそこかしこで積み出しを待つ、無数の巨大な丸太だった。

「近頃は頻繁に洪水が起こるようになったんだ、子どもの頃には一度もそんな憶えがないのに……」とそんなふうに呟いて、洪水による浸水で黒く変色した柱の床上三〇センチあたりを指差し、二ヵ月前の洪水の様子を語ったイスハの言葉を思い出す。

商業主義の過剰な森林伐採が、周辺の環境に悪影響を及ぼしはじめている一例といえるのかもしれない。

ムアラ・ムンタイ、タンジュン・イシュイ、マンチョンと続くマカハム川支流域の一帯は、野生の猿や色鮮やかな水鳥、泳ぎ上手の大トカゲといった物珍しい動鳥類が多く生息している。川幅狭く蛇行した迷路さながらの水路、湖畔を彷徨う青々とした水草、濃密に生い茂る背高のっぽの樹林、水際で根をはる生命力あふれるマングローブの群生、そこには、そういった熱帯雨林特有の魅力が確かにあふれている。

片時も目が離せないほどの悠然とした自然である、などと手持ちのガイドブックには書いてある。

そういった賛辞に対して異議をとなえるつもりはないが、何かが足りない。航行が気抜けするほど容易なのがいけない。世界有数の森林地帯カリマンタンは、もっと危険で困難でのっぴきならないジャングルであってほしかったのだ。突然オランウータンの群れが密林の影から姿を見せたり、槍を手にした首狩り族が舟に向かって威嚇《いかく》の声を上げてきたり――そんな光景を期待するのは幻想だとしても、明らかに緊張感が不足しているのだ。マンチョンでの宿泊予定を中止して急いでムアラ・ムンタイへ戻り、さらなる上流を目指すことにした。

あいにく定期船との接続が悪く、すでに隈なく見てまわったムアラ・ムンタイで、五時間あまりも時間をつぶさなくてはならなかった。再度足を運びたくなるほどの見所があるわけでもない。無意識のうちに出向いたのは早朝チェックアウトしたはずの宿屋だった。宿屋の二階には広々とした居心地のいいバルコニーがある。そこからは村の市場通りが一望に見渡せる。

宿屋の主人はリュックサックを担いで舞い戻って来た私を見ても、特に驚くでもなく、「何か忘れ物でもしたのかい?」と穏やかな調子で訊ねた。

「いや、そういうわけではないんだけれども……」

事の事情を説明すると、主人は親切にも、「夕方の五時までならさっきの部屋で休んでもらってもかまわない、出発の前に汗を流してから旅立つといい」と言って微笑み、一度出払った部屋の鍵を愛想よく手渡してくれるのだった。インドネシアルピアの大暴落という恩恵のせいでもあるが、一泊たったの八五円だったという驚くべき記録と共に、この安上がりな宿屋は、生涯、私の記憶の中にとどまることだろう。しかもその部屋はドミトリーなどというタコ部屋ではなく、ちゃんとした個室だったのである。

定期船がムアラ・ムンタイの船着場にその船体を見せたのは、夜の十時近くにもなっていた。もともと時刻表などあるわけでもないが、おおよその到着時刻として確認していたそれより、二時間以上も遅れている。

定期船の内部は生暖かい熱気にむせていた。船内は、すでにまともに手足も伸ばせぬほどの大混雑である。ときおりばたばたと翼をはためかせ羽毛を飛び散らす籠の中の鶏、むずかって突然わあわあと声を張り上げ泣き出す幼児、げえげえと奇妙な鼾《いびき》をかき鳴らしひとり堂々と寝入っている老人、脂ぎったべっちょりの身体を惜し気もなくもたれかけてくる四十歳過ぎの男。吹きっさらしの硬い床板の上に腰を下ろし、身を縮め膝を抱えながらの航行は身動きすら不自由で、甚だしく辛いものだったが、それでも航行自体はいたって安泰に進んでいるように思えた。穏やかな川の流れも依然として変化が感じられず、船酔いする者などいくら探してみても見当たらない。

ムラッを過ぎたあたりから徐々に旅の難易度が増してきたように感じられたのは、航行による困難さからというよりもむしろ、船内でのお粗末な食事に苦痛を覚えはじめていたからに違いなかった。船旅をはじめてからというもの、野菜や果物は何ひとつ口にしていなかった。肉汁のぶっかけ御飯、その一品しか食できぬ船内での食事は、何よりも辛いものだった。いい加減、別の物で胃袋を満たしてやりたいという強い欲求につつかれ、川辺の村に停泊するたびごとに船を降り、夢中になって食物を探し求めたが食い物らしい食い物はほとんど見つからない。果物や野菜などどこにも置いてない。インドネシアでならどこへ行っても容易に口にできると思っていたバナナでさえ、ここでは容易に探せない。緑豊かなカリマンタンのジャングルは意外にも何も実らぬ不毛地帯ではあるまいか！とそんな感想を腹立ちまぎれに声を荒げて訴えたくなる有様である。

ぐうたらに手足を投げ出し、居眠りをしたり目を覚ましたり、そんな怠惰な長い時間を過ごしているうちに、いつの間にか乗客の数がずいぶん減っているのに気づいた。船の外に目をやると、川の流れもずいぶんと激しさを増しているのがわかった。ときおり視界を横切る流木は明らかに速度を増し、危険な障害物にもなりかねないそんな勢いで流れている。

「幼い男女の兄弟、カプアス川の上流にて溺死――」

一面にそんな見出しを掲げた新聞記事に目が止まった。乗客の誰かが読み捨てた今朝の新聞である。スピードを出し過ぎた高速ボートが水中に隠れて見えなかった障害物に船体をぶつけ、その勢いで転覆したのが事故原因だったと書いてある。幸いにも同乗していた大人たちは全員救助されたとも書いてある。カプアス川といえばカリマンタン島のもう一つの大河で、総延長距離はマカハム川の七二〇キロメートルよりもさらに長く一一〇〇キロメートルもある。

なるほど、万が一のことを考えると、老人や女性、子どもたち、そして泳ぎに不安のある者にとっての船旅というのは、生命の危険を伴うものなのかもわからない。とはいうものの、はたして起こるべくして起こった事故ではあるまいか、という思いも湧いてくる。

乗客を身動きできぬほどに押し込み、同時に詰め込まれる運搬物の重みは喫水線すれすれまでに船体を沈める。商売上仕方がないとは理解できても、意識があまりにも金儲けに偏重し過ぎていて目にあまるものがある。

比較的安全だといえる大型の定期船にしても、乗務員の乗客に対する態度ははなはだ横柄で高慢でまるで配慮を欠いている。乗客の乏しい小さな村には先を急ぐがために、いちいち停まってはくれないという問題もある。スピードは落としてくれるものの、進行状態の定期船に小さなボートで近づき飛び乗りをするという乗船の致し方は、運動能力の乏しい人間にとってはおよそ真似のできない業だろう。村の名も不明な小さな村に興味本位で降ろしてもらったせいで、一度だけ挑戦するに至ったが、担いだ荷物の重みが気になっておっかなびっくりもいいところだった。とりわけ相手が年若い男だと知れると、乗組員から注意も払ってもらえず、減速も不十分になる傾向が見て取れるのだ。


ムラッを発って十時間近くが経過した、昼下がりの出来事である。

すっかり飽き飽きしてしまった肉汁ぶっかけ御飯の昼食を習慣的に平らげ、船の前方のタタミ一畳足らずほどの甲板へ出た。船内の熱気のこもった暑苦しさから逃れるには最適の場所である。乗客の誰もから狙われる人気の場所でもあるが、私だけはいつも容易にその場を優先的に確保することができた。退屈さをまぎらす格好の話し相手になるという理由で、得体の知れない外国人という立場は、こういった場合ずいぶん有利に働くものである。彼らの好奇心から生ずる他愛もない質問に、冗談混じりで答えるのは私にとっても単調な船旅に色を添える愉快な退屈しのぎでもあった。

と、そんな受け答えに興じているちょうどその最中だった。例によって一人の乗客を乗せた小舟が、集落の水辺から、われわれの乗ったこの定期船に向かって急接近を試みているのに気づいた。

小舟は慣れた一連の動きであっさりと定期船との並走に成功した。二十歳前後の胸板の厚いその乗客の男は、ゆっくりと腰を上げ飛び乗りの準備をはじめていた。ずいぶんと腰をかがめ、小舟に積んである荷物らしきものに手をかけたような、そんな腰格好である。男がタイミングを見計らって一気に持ち上げたのは、はたしていかにも重そうな大きなダンボール箱の荷物だった。男はそれを定期船の腰壁の頂上わずか一五センチ幅ほどの手すり板の上に、一見うまく載せたかのように見えた。だが、そのダンボール箱の重心は許容範囲を超え、運悪くその腰壁から船側にではなく、川側の方にあるようだった。それに気づかぬ男が体重を小舟から荷物を持った手に移したその瞬間、ダンボール箱が川側に傾いた。驚いた男は慌ててそれを胸元に引き寄せ、いったん小舟に戻ろうとした。だがしかし、突っぱねた足に押された小舟は、それを嘲笑《あざわら》うかのように後方へ逃げた。男はどうすることもできずにダンボール箱もろとも川に落っこちてしまった。私はびっくり仰天して船の甲板から川側へ身を乗り出し、水しぶきの方に目を見開いた。小舟の先頭が川に落ちた男をすぐに助けようと慌てて舟を操った。溺れる男は幸いにも小舟に手をかけることがすぐにかなった。だがしかし、次の瞬間、定期船の進行が生み落とした高波が小舟を面白いように呑み込んだ。もんどり打った小舟はいとも簡単にひっくり返ってしまった。二人の男は両手を振り乱して川の波間で見え隠れしながら助けを求めている。定期船は何事もなかったかのようにそのままの速度で上流へ向かって進んでいたが、しばらくしてから停止した。川に落ちた二人の男からはすでに五〇メートル以上も離れていた。転覆した小舟の底板にかろうじて掴まり浮いたり沈んだりしている二人の男。エンジンモーターの重みで後部から沈みはじめた小舟の先端は、空を向いて高く突き出ていたが、ゆっくりと、しかし確実に沈みはじめていた。集落の川辺から事態に気づいた男らが二隻の小舟を慌てて走らせるのが見えた。
あんぐりと口を半開きにして眺め入っているのは私ばかりで、定期船の他の乗客らは大して驚いたふうでもなく、間抜けなやつらだと言わんばかりの顔つきである。この程度のハプニングは、彼らからすれば事故にもあたらない日常的なご愛嬌だといえるのかもしれない。さも可笑しそうに笑いながら眺めている者さえいるのだから。助け舟が出たのを認めた定期船は、再びエンジン音をうならせ、乗客になるはずだった青年を置き去りにして、ひたすら上流を目指して先を急いだ。

定期船の運航最終地ロング・バァグゥンに着いたのはコタ・バグンを発って三日後の早朝だった。長い航行の疲れもあって、この村にて少々休息を取ってから出発したかったが、さらなる上流へすぐに向かうことにした。船着場でタイミングよく客待ちをしていたボートで、今出発するのでなければ、明朝までこの村にとどまり同じボートの次の出発を待つか、さもなければ高い金を支払ってチャーターボートを単独手配するしか術がないと聞かされたからだった。

このロング・バァグゥンから次なる村ティオン・ブーまでの航路は激流の難所がいくつかあり、その航行はとりわけ恐怖感を伴うものだった。加えて連日の降雨で水嵩《みずかさ》も増している。途中の最大の激流で、希望者は川辺の陸路を歩くようにとの船頭の言葉に、泳ぎに自信はあるものの迷いもなく手をあげ、七割近くの乗客に混じってボートを降り、ぬかるんだ泥道に足を奪われながら、より安全な移動を選択していた。川辺の丘をよじ上り森林の間から見下ろした、激流に押し戻されつつも水しぶきを飛び散らせ果敢に突き進んで行くモーターボートの姿は、十年以上も前にテレビで見たコロラド川激流下りのドキュメンタリー番組を思い出させた。

連中の商売根性には恐れ入るものがある。よっぽどのことでもないかぎり、金さえ積めば、どんなに荒れた日にでも、どこまでも連れて行ってくれるという。

ティオン・ブーから先の上流へは、いよいよチェスと呼ばれる小型ボートを借り切っての移動になる。旅の良し悪しも運に頼る度合いが高くなる。いい船頭にめぐり会う機会を得なければ、旅の技術も人選の勘も何も働かしようがないからだ。

ダヤック族のニョワエ、五十三歳。マカハム川最上流の村ロング・アパリを見てまわるのに、彼と出会えたのは幸運だった。

夜半から降り出した雨が朝になってもやんでくれず、いくらか逡巡もしたが、予定を決行することにした。海パンひとつに着替えてしまえば何ら臆する理由もない。サマリンダを出てからすでに八日が経っている。バリクパパン発ジャカルタ行きの航空便はもう四日後に迫っている。出発を延期するのは帰りの航空券を無駄にする結果にもなりかねないのだ。

雨に打たれながらの航行は寒さでからだがぶるぶる震え出し、後に体調を崩す結果にもなったが、そこにはある種の快感もあった。浮いたり落ちたりの航行は途中から吐き気をもよおしたが、刺激的でもあった。打ちつける雨粒の痛さは心地良くもあった。ニョワエの顔つき、波打つ激流、届かぬ視界——そこには緊張感があった。ずっとこれを望んでいたのかもしれない。

ロング・アパリの集落が目に入ったときには雨も小降りになっていた。人影の見えぬ船着場、明らかにこれまでに寄った村とは空気を異にしている。ボートを降りると、ニョワエは濡れた上着を脱いで絞り上げ、またそれを着てからボートを土手の棒杭に繋留《けいりゅう》した。私は、荷物を包んだビニール袋の結びを解いてポロシャツを取り出し、掌で上半身の水滴を払ってから、それを着た。川辺の土手を上がっていくと、あたりから村の男たちがぞろぞろと歩み寄って来た。ニョワエは男たちと親しげな挨拶を交わす。自分はこの村の出身なのだ、と私に売り込んできたニョワエ。彼の言葉は単なる売込み文句ではなかったのだ、と安堵の笑みがもれる思いだった。男たちは船着場近くの集会所らしき家屋にニョワエを招き入れた。私の目の前を横切る男たちの風貌は、以前中国南部を旅したときに見かけた、地元民のそれと、実に酷似している。一重まぶたの切れ長の眼、つるつるとした滑らかな肌。そういった身体的特徴は、大多数を占めるマレー系インドネシア人の中には決して認められないものだ。定説だと言い切るには心許ないが、ダヤック族は数千年も前に中国南部からやって来た人々の子孫だ、という説があるらしい。彼らの外見から認められるその印象は、まさしくそれが実感を伴った動かしがたい真実として感じられる。彼らはいったいどういった理由で広大な中国の大地を飛び出し、何を求めてジャングルの奥まで潜り込み、何が好くてこの川辺に住み着くに至ったのだろう。

ニョワエの後に続いて上げてもらった集会所の壁には、イエス＝キリストの肖像画と真鍮《しんちゅう》製の十字架が飾ってある。キリスト教の宣教師はこんな村にも住み着いているのだろうか、とすこぶる驚いてすぐに尋ねてみたが、そうではなかった。当時を知る生存者はすでに一人もなく、いつのものかも定かでないが、それらは植民地時代にオランダ人が持ち込んだものだという。植民地時代のある一時期には、この村にオランダ人が滞在していたこともあるという。そして、たまたまその当時、マレーシア側に暮らす海ダヤク族（イバン族）がマカハムの上流から二度も村に略奪目的でやって来たことがあり、その際にはオランダ人が自分らの所有する武器を用いて彼らを追い払ってくれたという。一九二〇年代に終焉《しゅうえん》を見たと言われる首狩りの盛行も、移住と略奪そして戦闘と報復行為の過程で生まれた敵に対する見せしめの意味合いが強かったようだ。

どこかの外国人が村にやって来たという噂を聞きつけたらしい一人の男が、興味深げに幼い二人の娘を引き連れて、集会所の入口に姿を見せた。娘らの父親であるその男は、すぐさま部屋に上がろうとしたものの、見知らぬ人物がそこにいるのに気づいた娘らが私のことを怖がった。男は部屋に上がる前に、入口の前で娘らのご機嫌取りに精を出さなくてはならなかった。

すっぽんぽんのつるつるとした幼いからだ、錆《さ》びた針金みたいに乾き切ったボサボサの髪、ぽっくりとそこだけ丸くふくらんだ小さなおなか、焼餅みたいに持ち上がった幼い割れ目。むずかってとうとう泣き出した娘らの鼻の下では、青い鼻汁が呼吸のたびに、ずるずると音を立て、伸びたり縮んだりしている。その様子がとても面白く可愛らしくて、私は娘らのいる入口の方へ身をすべらせた。泣きべそをかいた娘らは私を避けるように父親の後ろに隠れてしまった。男が娘らを力ずくで私の前に押し出そうとすると、娘らは激しく抵抗して父親の足を盛んに蹴り飛ばしはじめた。男は仕方なく娘を連れて集会所の入口を離れて歩き出した。それが残念でたまらず、私は慌てて入口の外へ出て、娘らの方を見やった。娘らは父親のそばで歩きながらもちらちらと私の方を盗み見ている。その一つ一つの仕草そしてその視線の中にはすでに艶かしい色気があった。とりわけ姉の方の体内には先天的に小悪魔めいたものが潜んでいて、わざと私の気を引いているようにも思えるほどである。もし私が何かの芸術家であったなら、きっと何もかもを投げ出して、この村に住み着いてしまったかもわからない。そんな幻想めいたことを思わせる、そんな奇妙な魅力を持った幼女である。

今回の旅の最大の目的は、急速に希少の存在となりつつあるダヤック族の耳長ばあさんを訪ね歩くことだった。そのことはニョワエにも伝え、前もって案内役をお願いしてもいる。集落所の床の上でくつろいで嗜好品のカポックばかりを噛んでいるニョワエに、約束の案内役をただちに遂行してくれるよう願い出た。

面会できた耳長ばあさん一人当たりに対して、二万ルピアを支払う約束をした。金銭の力を借りて安直に物事を解決するのは後味の良くない場合が多く、できれば避けたい行為ではあったが、村で暮らす耳長ばあさんの数を正確に把握したいという、そんな希望をスムーズに実現するためには、他にいい案も思い浮かばなかった。

わずか一日の滞在では、正確な村の人口など把握しようもないが、聞いたところによると、五〇〇人くらいではないか、とのことである。耳たぶが肩近くまで伸びているのは、やはり年のいった女性ばかりで、五年後にはその生存が危ぶまれる、そんな老女ばかりである。その日出会えた耳長ばあさんは、たったの五人。最後に出会った耳長ばあさんは特に印象深い老女だった。村の男たちの話ではオランダ人滞在中の記憶がある生存者は一人もいないなどと言っていたが、そのばあさんは当時のことを今でもよく憶えていると、その時の様子を少しだけ話してくれた。両目ともに斜視で白内障の病状が出ている。腰を持ち上げる行為さえ、ひどく辛そうな様子だ。このばあさんに限っては、年内を生きるのも難しいかもわからない。このばあさんの家を後にするのはとても名残惜しいものがあった。この好奇心をそそられる村の歴史も、このばあさんが死ぬと同時に大方が闇の中に葬られてしまうのだろう、と思われたからだ。人類も男の方が早死にすると決まっているらしく、耳長は何も女性だけの慣習ではないらしいが、耳長じいさんには一人もめぐり会えなかった。すでに失してしまった耳長の慣習。六十歳以下の人に耳長らしい耳長はほとんど見当たらず、首狩りの慣行と同様、いずれ過去にそういう慣習があったという記録だけが残るのであろう。

村をひとまわりした後、先程の幼い娘らの家に寄ってみたいとニョワエに頼み込んだ。娘らはやはり私を怖がってばかりで近づくこともできなかったが、娘の母親と面会する機会は得られた。

なるほど、娘らの母親は顔立ちの整った綺麗な女性である。ほっそりとしたからだつき、豊満な胸も魅力的だが、何よりも控えめな笑顔が素敵である。イスハが結ばれたいと願っている女性は、きっとこういうタイプの女性に違いない。

日が暮れると危険だ、と言うニョワエの忠告に従い、午後の三時過ぎには村を出た。

名のつく村はここで最終だが、さらなる上流には掘っ建て小屋を建て自給自足の生活をしながら、家族単位で放浪するダヤック族もいるという。数週間をかけて上流を遡《さかのぼ》れば、ついにはカプアス川の上流へ出て、ポンティアナックへ下ることも可能だという。でも、これ以上先の上流へ突き進むのは、今回の私にはできない相談だった。数日後には現実の勤め人生活へ戻らなくてはならないのだ。耳長ばあさんとも会うことができたし、もう充分じゃないか、またいつの日か挑戦すればいいじゃないか。自分を慰めてみたが、ここへ来る機会がまた訪れるとはやはりとても思えなかった。

朝からの雨はすっかり上がっていた。マカハムの流れもだいぶ緩やかになっている。ニョワエは勢いよく紐を引き、森閑とした水辺の船着場に、騒々しいエンジンの音を響かせた。遠くの流れに目を凝らすニョワエの顔つきは、慣れに安住することなく、常に注意深く真剣そのものだった。

私はビニール袋に包んだ荷物を枕に、ボートの底で仰向いた。満ち足りた意識の中で、流れる雲を、垣間見える空を、ずっと眺め続けた。

スマトラの象

スマトラ島は数多くあるインドネシアの島々の中でも、最も神秘的な島のように思える。日本の約一・三倍のこの島には、インドネシアの他の島ではほとんど見られない動植物が多く生息している。例えば、世界で最も巨大な花を咲かせるという寄生植物ラフレシア。日本のカブトムシの二倍の大きさにもなるというコーカサス・カブトムシ。象やトラにマレーバク。その他、数え上げれば切りがない。チンパンジーの次に人間に近いと言われるオランウータンはなにもカリマンタン島だけにではなく、ここスマトラ島にも多く生息している。

このようなスマトラ島特有の生態系に思いをめぐらすとき、私の意識はこの島から飛び出し、インドシナ半島を通ってインド亜大陸を越え、ついにはアフリカ大陸に達する。五〇〇万年前のアフリカ大陸にはじまり世界へ広がったという人類と同様、象やトラもまた似たような道筋をたどりこの島までやって来たのだろうか。

まだ小学生だった頃のある日の授業中、百獣の王は実はライオンではなく象だ、という話を担任の先生から聞かされた。その時の驚きは今でも鮮明に憶えている。夏休み前のむし暑い日だった。授業の途中でなぜ象の話になってしまったのか、その経緯までは記憶にないが、先生が半袖の白いＹシャツを着ていたこと、自分の席が廊下側の窓の近くだったことは今でもはっきりと憶えている。

――百獣の王と言われる肉食のライオンでさえ象を襲うことは皆無に近く、もし仮に檻の中に両者を閉じ込め決闘を強いたとしても、軍配は十中八九、象の方にあがるだろう――

そんなふうなことを、アフリカ旅行の体験談を織り交ぜながら興奮気味に解説する先生の話はとても興味深いものだった。何しろ当時の私の関心事は、動物と昆虫以外にはほとんど何もないと言っていいに等しかったのだから。


ある日の午後、昼食をすませたあと、客先まわりに出かけようと事務所の一階へ降りると、受付のカウンターの前で、ある年若い娘がパンフレットらしきものを広げ、懸命に売り込み口上を展開している場面に出くわした。頻繁にやって来る訪問販売員か何かの勧誘員に違いないとすぐに察しはついた。普段なら、その傍らを無関心にさっと通り過ぎてしまうところであるが、その日の私は違った。無意識のうちに娘のそばへ近づき、開かれたパンフレットを、私もまた、好奇心たっぷりに覗き込んでいたのだ。理由はいたって簡単である。娘がかなりの美人だったからだ。肩先まで伸びた髪は、この国の女性にしては珍しく、しっとりと湿り気を帯びて慎ましやかにたれている。比較的色白の肌は暑さで汗ばんではいるが、若々しく健康的でつるつるとしている。

その娘はすぐさま、業務用の黒いバッグの中から同様なパンフレットをもう一枚余分に取り出し、新たに参上した私の前にも差し出してくれた。クレジットカードのセールスレディ。開かれた娘の黒い手提げバッグの中にはカラー印刷のパンフレットがどっさりと詰め込まれていた。

事務所のみんなを前にしてカードの特典や現在サービス期間中であることを説明しはじめた彼女の口ぶりは、いかにもアルバイト的でつたなく、頼りなくもあったが、そのひたむきな熱心さは好感度抜群だった。

だが、だからといって、いったいそこに何の効果を期待できるだろうか。目の前の相手は、日々の現金生活にも窮する社内のしがないスタッフ連中。彼らにとって、サインのみで買い物が可能になるクレジットカードなどという代物は油断のならない危険なもの、決して所持してはならない邪悪なものと言えなくもないのだ。そして、その一方で私もまた、クレジットカードなるものはすでにいくつも持っており、さらにもう一枚増やしたいなどとは皆目考えていなかった。にもかかわらず、私は彼女の売り込み口上をじっくり聞いてみたいという強い衝動にかられていた。

私は社内の他の連中をそっちのけで彼女を来客用の別室へ通すことに決めた。頑丈な内壁で仕切られた接客室。中でどんな会話がとりもたれようと窺いしれない空間。扉には普段常時カギがかけられていて、めったなことで開かれることはない。私はスタッフらのいぶかしげな視線もよそに、少しの躊躇もなく彼女を、その来客用の小部屋へ招き入れた。彼らの目からすると、娘に対する私の応対は容易に想像のつく恥ずかしい行為に思えたかもしれない。しかし私はまったく意に介さなかった。

傍らにいた小間使いに、ホットコーヒーを二杯、急いで用意するよう、いかにも偉そうに指示を出した。そして、私は今思い出すとまったく赤面してしまいそうな態度で彼女を事務所の中へうながしていたのだ。部屋の出入り口の扉を閉めた瞬間の気分は奇妙だった。私は何か誰にも知られてはならない秘密事でもはじめる前のように緊張していた。閉じた扉からわずか数メートルばかりのソファまでの距離を歩くのに、私はへなへなと足許をふらつかせてさえいたのである。

幸い彼女は私のそんな状態にはまったく気づいていない様子であった。ソファの上に半身の姿勢ですばやく腰かけ、数ある特典のあれこれを、彼女はさらに丹念に説明しはじめた。私の視線は確かに差し出されたパンフレットのそこにあったが、意識は黒いスカートの下で覗く彼女のつるつるの膝小僧にあった。私は一抹の迷いもなくただちに契約の方向で話を進めはじめている自分に気づいた。ひと通りの説明を聞き終わると私は、無知を装い、契約にいたるまでの具体的な手続きや特典に関する詳細について、必要以上にあれこれと質問をはじめていた。娘はなかなかうまく答えられなかった。彼女が困惑すればするする一方で、自分には落ち着きが戻ってくるのを感じていた。

彼女は明らかにキャリア不足だった。私は彼女の勉強不足を皮肉たっぷりで非難してみたい気分になった。

「少しばかり考える時間をくれないだろうか……」

いくぶん迷いでも生じたふうに悪戯心で口にすると、彼女はみるみるうちにしょぼくれ顔になってしまった。彼女の様子は、いまだ世間を知らない臆病な少女も同然だった。その様子は滑稽なほどであったが、娘に対する親しみは私の中で舞い上がるように羽ばたきはじめた。そして私はますます調子づいて、さらなる質問事項を次から次へとたたみかけた。

彼女はついにこらえきれずに悲しそうに、しかし真剣な顔つきでつぶやいた。

「きっと明日までに確認しておきますので、きっと明日までに返答できるようにしておきますので……」

彼女は明日の午前中、再度ここまで出向いて私の宿題に答えてくれると言う。

私は思わず、胸の内で歓喜の声を上げた。


約一ヵ月半後の私の財布の中には、CITY BANKのクレジットカードが、もっとも権威のある位置に納まっていた。と同時に彼女は私のもっとも気になる女友達の一人となっていた。とはいうものの、彼女との付き合いは、およそ普通の中高生あたりが好むところのそれと大差なかった。やることといえば街をぶらぶらとうろついてみたり、一緒に映画を見に出かけたり。しかもデートの時間は決まって休日の日中ばかり。それでも充分に満足だと言えなくもなかったが、やはり物足りなさは募《つの》った。彼女は私に対していささかの警戒心も緩めなかったが、彼女に対しての私もまたおそろしく慎重だった。彼女との関係をどういう形へと発展させたいのかは、自分でもよくわかっていなかった。彼女とのデートは二週間に一度から一週間に一度となり、やがて休日の午後には必ず会うようになった。だけれども、やはりそれ以上の進展は、訪れる気配もなかった。

相変わらず彼女は、日が暮れはじめるといつも、まるで小さな子どものようにそわそわして帰らなくてはならない素振りを見せる。無理強いて一緒にタクシーに乗り込み、家まで送りたいと申し出ても、必ずや彼女は近所の市場の近くで頑なにタクシーを降りて、たちまち人ごみの中へ姿を消す。

他愛もない彼女との付き合いも三ヵ月ばかりが経過した。そんなある日、彼女との連絡が突然取れなくなった。

彼女の勤める事務所へ、いつものように週末の約束を取りつけようと電話をすると、つい三日前に退職したというではないか。

「彼女の自宅の電話番号を教えて頂けないだろうか？　それが許されないというなら彼女の自宅の住所だけでも教えて頂けないものだろうか？」

ずいぶんと丁重に尋ねているつもりだったが、電話の向こうの男は、ただ素っ気なく、「何も知らされておりません」とだけ答える。

「おまえさん、しらばっくれるのもいい加減にしろよな！　自分の部下の連絡先を知り得ない会社の上司というのが、一体全体どこにいるというんだい？――」

私は語気を荒げ、非難がましい口調で、しつこいくらいに電話の向こうの相手に挑みかかった。

「いったいおまえさんは彼女のなんだっていうんだい、彼女の連絡先だって……、冗談じゃないね、知ったこっちゃないね。いったいなんだっていうんだい、おまえさん。熱でもあるんじゃないのかい。とっとと医者にでも行って、家に帰って、ばあちゃんのオッパイでもくわえて、死んじまいな！」

男は受話器を投げつけるようにして電話を切った。

男の最後の言葉には向っ腹が立ったが、私には勝ち目がありそうにもなかった。

そのうち彼女の方からきっと連絡が入るに違いないと気楽にかまえることに決めた。だがしかし、私の希望的観測もよそに、その後一ヵ月が過ぎても彼女からは何の音沙汰もなかった。

彼女は身の上話を好まない女性だった。それは彼女なりの私に対する防衛手段だったのだろうか。私の前から忽然と姿を消すという今回の仕打ちも予定通りの算段であったのであろうか。もしかすると、元会社の上司らしき男が、彼女の連絡先を知らないというのも、彼女の口止めによるところなのかもわからなかった。

普段は明るい娘なのにときおり見せたりする淋しげな表情。小指を立ててテーブルの上に円を描いたりする奇妙な癖。そんな仕種を見せて相談事を持ち込まれるたびごとに、まとまったお金も何度か工面してやっている。

私は彼女の本当の姿を何も理解していなかったような気がして愕然とすると同時に、あらゆる疑念に悩まされた。

彼女が突然に姿を消した理由がいったい何だったのか、はっきりと突き止めたいと切望し、あれこれと思いをめぐらしてみたが、そこには何の手がかりも見出せない気がしていた。

やがて彼女に対する思いも何も、すべては他愛もない思い出として記憶の底にしまいこまれようとしていた。

とそんなある日、唐突に彼女から、電話が入った。

「……あたし、誰だか憶えてる？」

電話の向こうの彼女は、そんなふうなことを最初に口走った。

「誰だか憶えてるだって！　ずいぶんじゃないか！　ずいぶん長らく待たせてくれるじゃないか！」

彼女の声を忘れるはずはなかった。

「あなたのことを忘れてたわけじゃないのよ。いろんなことがあっただけ、いろんなことがあり過ぎて、連絡が遅れてしまったの……」

彼女の声色は以前にもまして頼りなく、今にも消え入ってしまいそうに聞こえる。

「いったいどこから電話をかけてるんだい？　今晩また、いつもの場所で、ブロックＭ・プラザのあの店で、食事でもしないかい？」

「いつもの場所？　それは無理なのよ。あたしはもう、ジャカルタにはいないのよ。ジャカルタでは暮らしていないんだから」

「ジャカルタじゃないんだって、兄貴といっしょに、パサール・ボウで暮らしているって言ってたじゃないか？　何度も近くまで送ってやったじゃないか？」

「あれはもう昔の話、あれはずっと昔の話なのよ……」

クレジットカードのセールスレディという職を辞した理由がなんだったのか、彼女はくわしく話そうとはしなかった。その話題を口にすると、彼女はすぐさま持ち前の曖昧《あいまい》さではぐらかし、まったく別の話題に私を誘い込んだ。

しかし彼女の言葉の端ばしから、おおよその察しはついた。クレジットカードのセールスレディ――そんなノルマの厳しい業界で長くやっていけるタイプの女性であろうはずがない。かんばしい営業成績が上げられず、彼女はきっと解雇させられたに違いなかった。

「アダ・ロンボガンカー?」彼女は私に訊いた。

もし可能であれば、新しい就職先を紹介してほしいという。

こういった類のお願い事はもっとも処理に窮するものと言わざるを得ない。私は彼女の期待にそえる自信がなかった。彼女との連絡がようやく取れたという嬉しさも、尻すぼみになるのを感じた。

「いいのよ、かまわないのよ。もし何かいい就職口があれば、というだけの話なのよ……」

返答に詰まった私に、彼女は言った。

「ねえねえ」彼女は重苦しい話題から逃げるように、努めて明るく切り出した。

「なんだったら、ここへ遊びに来てみない?　空気はきれいだし、気持ちよく泳げる海だってあるし、ここには象だっているんだから」

「象?　象だって?」

「そうよ、あの大きな象さん。ここには象さんだって、いっぱいいるのよ」

私はこの国のスマトラ島に象が生息しているのは知っていたが、彼女の故郷がスマトラ島だったとは知らなかった。

「ぜひ行ってみたいね、今月中にでもぜひ時間をつくって出かけてみたいね」

私は即座に答えていた。

スマトラ島南端のランプン州へは、ジャカルタから飛行機を利用すれば、一時間足らずで行くことができる。それにしてはずいぶん割高感のある航空料金だと感じ、その理由をただすと、「当航空便は、全席ビジネスクラスとなっておりますので……」と旅行代理店の担当者は説明した。集客の困難な路線のため、そういった措置がとられているようである。今ひとつ納得のいかないものを感じたが、だからといって仕方もあるまい。八時間近くもかけて陸路で出かける時間的余裕などあるわけもなかった。

彼女は時間に遅れることなく、私を出迎えてくれた。彼女は、目鼻立ちが彼女にそっくりの女性と一緒だった。そうに違いないと想像するに容易だったが、その見知らぬ女性は、はたして彼女の姉だという。ありきたりな挨拶を交わして握手をし、私らは空港ロビーの前で客待ちをしているタクシーに乗り込んだ。

数ヵ月ぶりに見る彼女の様子は以前と変わらぬ彼女のままだったが、どうしたわけか、彼女に対する私の関心は以前とは比べようもなく萎《しぼ》んでいるのに気づいた。あれほど会いたくて仕方がなかったのに、ずっと今日の日を待ち望んでいたのに。その原因がいったい何なのかは、いくら考えてもわかりそうになかった。私は運転手の側の助手席に陣取り、彼女と姉は後部座席に乗り込んだ。タクシーが走り出すと、彼女と姉は何やら聞き取りにくい小さな声でこそこそ話をはじめた。私は窓の外に目をやり、初めて目にするスマトラ島のたたずまいを、ただぼんやりと眺め続けた。

「どうしたの?」ふと、彼女が身を乗り出すようにして私に訊いた。

「いや、別に……」

彼女の瞳は、どうして押し黙ってばかりいるの? と非難しているように思えた。彼女の姉は、きっと自分のせいに違いないと気まずそうな表情を見せている。

「いや、何でもないよ。あまりに久しぶりだから、何を話していいのかわからなくて……、それにスマトラ島も初めてだし……」

私は困惑して曖昧に言葉をとりつくろった。

「田舎でしょ、田舎はきっと嫌いなんだよね……」

彼女は、うらめしそうにつぶやく。

「そんなわけはないよ。まさかそんなわけは……」

彼女が居候をしているという長兄の自宅までの二十分ばかりの道のりが、とても遠くに感じられた。タンジュン・カランの街並みは退屈に思えた。乾期の真っ最中だからという悪条件を差し引いても、目抜き通りの埃っぽさはジャカルタ以上である。通りを行き交う地元民の様子はまるで精彩がなく、ずいぶん貧相に見える。このあたりがこの街の中心地なのよ、と彼女が教えてくれた十字路の向こうには確かに大型のスーパーマーケットらしき建物が建設中だったが、周辺の道路は狭く、歩道もなければ、樹木などの緑も見当たらない。強い日差しが容赦なく真上から照りつけていて、通り沿いには日陰ひとつ探せない。

目抜き通りだと紹介されたにしては、ずいぶん人通りも少ないもんだと感じ、彼女に訊いてみた。

「この街の人口は、いったいどれくらいなんだろうか？」

彼女は、はたと姉の方を向いた。彼女らは目をぱちくりさせて、互いの顔を見合っている。

「知らないわ！」

そんなつまんないこと聞いてどうしようというの？　とでも言いたげな口調である。

彼女の長兄の家は想像以上に立派だった。庭はさほど広くはないが、小綺麗に手入れがされている。客間の応接セットの一つ一つは決して高価な物ではないが、部屋のつくりに合ったセンスのいい品揃えである。

「なかなかいい家じゃないか」

私は本心からそう彼女に感想を述べた。

「大した家でもないのよ……」

そう口では言いながらも、彼女は私のその言葉がたいそう嬉しそうだった。

「ホントなのよ、ホントに家の奥へまわるとびっくりなんだから」

彼女の傍らにいた姉が冗談まじりで告白する。

「へえー、奥を覗かせてもらってもかまわないのかい？　できれば君の部屋も？」

姉妹は大袈裟に哄笑して、腰を上げようとする私を制した。彼女は、姉の余計な口上がまったく気にくわないといったふうに、姉の背中を追いまわしはじめた。姉は姉で、妹をからかうのが面白いといった体で、客間から部屋の奥の方へ躍り逃げた。

あまりの無邪気さに、見ていてだんだんつらくなってゆくのを感じた。

部屋の奥からは、きゃっきゃっと響く彼女らの笑い声が長らく続いた。

しばらくしてから彼女は、木製のお盆に、ホットティーをのせて姿を現した。額には汗をかいて、頬は赤く上気している。

「ごめんなさいね」

彼女の声はうわずっていて、息づかいの荒さはまだおさまっていなかった。

彼女の姉は奥の部屋に引っ込んだままである。彼女の長兄は毎夕六時頃に帰宅するという。せいぜい二泊三日の小旅行。彼女に会えて象さえ見れば充分だと考えていたが、そうのんびりかまえるわけにもゆかなくなった。ホットティーをすすりながら、観光ルートの予定を相談している際に、彼女がこう提案したからだ。

「明日はぜひ、ぜひとも、あたしの故郷の村に案内してあげたいわ——」

彼女の意外な提案に異論はなかったが、片道二時間以上もかかるという象の森へ向けて、すぐさま出発しなくてはならなくなった。明日は、象の森よりもさらに遠くにある彼女の実家へ、片道四時間近くもかけて出向かなくてはならないのだ。

カップに残ったティーを一気に飲み干し、道端に待たせておいたタクシーに急ぎ足で乗り込んだ。荷物を抱えたまま出かけるのは、盗難防止上、賢明だとは思えない。運転手を急かして、市内中心部のホテルへ向かわせる。チェックインすると同時に、レンタル車の手配をすませる。彼女をロビーに待たせ、部屋のベッドの上に荷物を放り投げてから、すぐさまロビーに舞い戻った。

象の森に着いたのは、午後の二時半過ぎだった。

スマトラ島ランプン州にあるこの象の森には、約二〇〇頭の象がいるという。周りに柵らしきものは見当たらないが、ここにいる象はすべて人によって管理され、観光用に調教されているのだという。体長は約六メートル、肩高三メートル。想像していた以上に巨大で、近くで見ると恐怖さえ感じるが、それでもアフリカゾウに比べると小ぶりで、耳も小さいという。

愛らしい垂れ目。器用にうごめく長い鼻。すすけた灰色の肌は、干《ひ》涸《か》らびた湖の底みたいにひび割れている。からだじゅうに黒くて細いとげのような毛がはえている。

二十年以上も前のあの頃の私だったら、感動のあまり跳び上がって、この機会を夢中で満喫していたに違いないが、現在の私には無理なようだった。

象の背中にのって眺める景色は爽快だといえなくもないが、長らく乗って揺られているうちに、股ぐらが硬質の鞍《くら》にすれて痛くなる。草ぼうぼうの野原で、強い日差しにさらされ続ける長時間の象との散歩は、汗だくだくの我慢比べもいいところである。

帰り道の車中では私も彼女も疲れ切って、すっかり寝込んでしまった。

チョコレート畑を抜け、アブラヤシの林を通り過ぎ、ゴム農園の中を突っ切って、車は北西部へ向かっていた。予定通り彼女の故郷の村へ向かっているのである。

グゥヌン・アグゥンのブックコーナーで手に入れた最新版の地図には、彼女の村の名は記されていなかった。雇った地元の運転手にしてみても、これまで一度も出かける機会のなかった土地だという。必然的に道案内はもっぱら彼女の役目ということになった。彼女にとっては十五歳の頃まで過ごした村だというが、最近では年に数回しか帰省できないという。それにしても、彼女の記憶はあまりにも頼りなくて、枝分かれした道に遭遇すると必ずや車を停め、彼女の考え込む姿にしばらく付き合わなくてはならなかった。

そしてついに、これは困ったことになったぞ、と思った。人に尋ねようにも人影はなく、最後に見た集落からは三十分近くも走っている。目に入るのは、ちりちり雲の青い空に、低木の生い茂った草ぼうぼうの林。そして車の正面から林の向こうに消える枝分かれしたごつごつの二つの細い道。これまでの彼女は帰省の際にはいつも、道を知る誰かと一緒だったのだという。どうすべきだろうか、と思いあぐねたが、通り過ぎた集落まで戻る気にはなれず、二分の一の確率にかけて左側の道を突き進んでみることに決めた。この決断は間違いだったとは思わないが、道の選択は誤っていて、二時間近くの時間を余計に費やすことになってしまった。道中、体長一メートルばかりの黒っぽい蛇が道を横切るのを、四度ばかり目にする。早朝の七時過ぎには出発したというのに、目的の彼女の実家へ着いたのはお昼過ぎの二時頃になってしまった。

彼女の村は、家屋が二〇ばかりの小さな規模ではあるが、集落を突き抜ける赤茶けた道が比較的広めで、しかも平らなせいか、整然としたおもむきである。店らしき建家は一軒もないが、道と広場の境目が今ひとつはっきりしない一角には物売りと客らしき人の姿もある。幼い子どもらは大人たちの脇で小さな環をつくって遊んでいる。

運転手が広場の方へ乗り込んで車を停めようとすると、彼女が叫んだ。

「かまわないのよ。まっすぐ端の方まで行って頂戴！　あたしの家の真ん前で停めて頂戴！」

運転手はハンドルをまわして、彼女の言うとおりに従った。

車が通り過ぎずに停車するのを見つけた子どもらが大はしゃぎで走り寄って来た。彼女はさも嬉しそうに子どもらを追い払った。彼女の態度には自慢げなものがにじんでいる。彼女はきっと、これがしたくて、こんな遠くの実家まで私を案内したかったのではないだろうか、と私は思った。

彼女の家の庭には、ランブータンの木が何本か生えていて、ヒゲだらけの赤い果実がたわわに実っていた。頑是無い子どもらは彼女の注意もよそに、後ろで騒ぎながら物珍しそうについて来た。

彼女は家の中へ入ると、薄暗い奥の方に向かって「お母さん！」と叫んだ。

彼女の母はすぐに姿を現して、「こんな遠くまで、わざわざ来て頂いて……」と微笑んだ。母の家には電話もないというのに、なぜだろうか。彼女の母は、今日の今頃の時間に、日本人だという私が訪ねて来ることを事前に知らされていたようなのである。

彼女の母は、彼女と似て色白で、人の良さそうな女性である。小づくりの鼻筋と目許の感じも彼女のそれと同じつくりである。彼女の豊かな胸も、母親ゆずりだったのだと知った。いい年をした女性特有のふくよか過ぎる腰つきを除けば、女性としてもまだまだ魅力的だといえなくもなかった。だけれども、私を前にして身体をこわばらせ緊張感にさいなまれている彼女の様子はあまりにも悲しかった。小綺麗にはしているが、安っぽい服装もまた悲しかった。

母親はこのところ病気がちだという。一週間ほど前から体調がすぐれず寝たり起きたりだという。そんな好ましくない状態の母のところへ、どうしてわざわざ彼女は、私なんかをしゃかりきになって、連れて来る気になったんだろうか。

挨拶程度の言葉を交わしたのち、しばし沈黙の時間が流れた。お互いの間に共通の会話は見出せそうにもなかった。

私は部屋のそこかしこを気もそぞろに眺めまわす。

「どうしたの？」彼女が訊いた。

「……いや、何も」私は曖昧に答える。

母親は隣に腰かける娘を向いたきり、私の方に向き直るきっかけが見つけられないふうであった。母親はふいに腰を上げて私の顔を見やり、何かを言いたそうに口をもぐもぐさせた後、台所の奥の方に引っ込んでしまった。彼女が慌てて母親の後を追った。母親の後ろ姿は最初の印象とは違って無惨だった。二人の後ろ姿を眺めながら、私は来るべきときのすっかりいい年になってしまった彼女の姿を、そこに見たような気がした。

家の向こうの道端では、村の子どもたちが団子餅のようにひっつきあって客間の中の私を覗き見ていた。私は居心地悪さを紛らすために、テーブルの上に出されたバナナチップスをつまみながら、冷めかけた苦いコーヒーをすすった。

帰り道の車の中の彼女は無口だった。

彼女の気持ちもわからなくはなかった。彼女の期待に応えるための努力はすべきであったのかもしれない。行きの道のりは長くて大変だったが、帰りの道のりは重苦しくて淋しかった。

彼女は窓の外の闇ばかりを向いて、気が抜けたように頭をたれている。

私はすべてが終わったような気がして、ヘッドライトに照らされるごつごつ道や、平穏を引き裂かれ必死で逃げまどう無数の虫を、虚ろに眺め続けてばかりいた。

スハルト失脚

当地での二年間の勤務を終了し帰国するに決まったH氏の送別会を、大々的に開催することになった。送別会の開催地に決まったのは、ジャワ海に浮かぶ小さな島——ビラ島。二〇〇前後の島々からなる小島群「プロウ・スリブ」の中の一つの島である。このプロウ・スリブの島々は、ジャカルタ沿岸から北の沖合いへ、ビーズの首飾りのように連なっている。地図上で見ると、紙の上に散りばめた無数のゴマ粒のように見える。島の多くは無人島だが、二〇近くの島には資本家の手が入り、美しい海を売り物にしたリゾート・アイランドとして開発されている。

ビラ島は、そんなリゾート・アイランドの一つではあるが、島の知名度はきわめて低く、この島の名を知る者は地元民でもあまり多くはいないようである。プトゥリ島、プラギ島に代表される他の島々と比べると、確かにずいぶん見劣りがする島と言わざるを得ない。岩一つ見当たらない見晴らしのいい海岸線は、美しいと感じられるよりもむしろ、のっぺりとした単調な印象を助長している。遠浅が災いしている島の周辺には、色鮮やかな熱帯魚もあまり多くは寄りつかず、マリンスポーツを楽しむにも、施設の整備はすこぶる不充分である。

それでは、いったいどうしてそんなビラ島を、わざわざ送別会の開催地に選んだのかというと、それにはそれなりの理由も、ちゃんとあるにはあった。プロウ・スリブの島々の中では唯一この島だけにゴルフ場があったという理由からである。

一九九六年十月二十七日、その日のビラ島は、熱帯特有の快晴。重なりあった白い雲は、引きちぎった綿アメのように適度に薄く散らばっていた。ぎらぎらの眩しい太陽は、流れる雲の上で見えたり隠れたり。暑さを和らげる涼風が、わずかにも吹いていないのは気になったが、それでも申し分のない絶好のゴルフ日和だといえなくもなかった。

午前九時、島で唯一のレストランに集合し、社内のみんなで朝食を取っていた。どの顔も昨晩の深酒のせいか幾分辛そうには見えるが、食欲は旺盛で皿に盛られた料理はあっという間になくなった。ゴルフの準備にとりかかるべく、同僚の一人一人が食事をすませた順に、席を立っていった。私もまた食事をすませて席を立ち、コテージへ向かおうと歩き出したその時、施設のフロントで、Y氏がさも憤慨した様子で、フロントの男と口論しているのに気づいた。

「できねんだってさ。ゴルフの予約はなかったことにしてくれだってよ!」

そばに歩み寄って来た私に、Y氏は顔を真っ赤にして、そんなふうに吐き捨てた。

フロントの男はひどく困惑し、応対の言葉も途切れ途切れで、気の毒なほど恐縮している。

「すみません、どうもすみません。やむを得ない事情がありまして……」

予約は前もって入れてある。悪天候による理由のはずはない。キャディの手配ミスなら、自らカートを引いてプレイするのも、いたしかたないところだろう。だがしかし、担当の男はわれわれの提案の一切を受け入れようとせず、ただ平謝りを繰り返すばかりであった。私はY氏と一緒になって、激しい抗議を繰り返した。

やっとのことで、ぼそぼそと男が口にした、そのやむを得ない事情とは、われわれからしてみれば、およそ想像の及ばないものだった。

「どうもすいません。申し訳ございません。突然の事態なのです」

突然の事態とは、ヘリコプターがやって来てゴルフ場に着陸してしまった、ということらしかった。フロントの男はそれ以上の説明はとてもできないといった体で、ますます恐縮して、ただ頭を下げるばかりだった。

言われてみると、ほとんど客のいなかったこの島に、いつの間にか、いかついからだつきをした男たちの姿が窓の外の木々の間で見え隠れしていた。目を凝らして見ると、軍人らしき服装をしている。フロントの男に問い詰めてみると、はたして予約なしの突然の来客は、どうやら国軍の連中だということだった。

突然やって来たのが軍人だと聞き、何らかの事情で深刻な事態が発生し、やむなくこの島に緊急着陸したということであろうか、とも想像したが、やはりそういうふうにはとても見えなかった。ぞろぞろとあたりに散らばる数十人の連中は、皆一様に陽気な笑みをたたえ、中には下品な笑い声を上げながら歩いている者もいる。連中の歩く姿勢には緊張のかけらもなく、軍服の上着のボタンをはずし、だらしなく胸をはだけている者さえいる。

ヘリコプターの緊急着陸が原因なら、せめてゴルフの邪魔にならない場所に移動してもらえばいいじゃないか！　と断固としてさらなる抗議を申し出たが、フロントの男はやはり平身低頭を繰り返すばかりでいっこうに埒《らち》があかなかった。軍人が相手なら無理もあるまいと諦め、結局ゴルフは中止ということになった。帰りのフェリーの出発時間は、午後の三時半である。予定外の空時間は、海水浴に興じたり、魚釣りをしたり、と思い思いにつぶす以外に他の選択肢はありそうにもなかった。

連中の一部の幹部らしき男らはヘリコプターで、その他の多くの男らは軍用フェリーボートを利用してやって来たようである。

レジャー施設の従業員らが慌ただしく立ち働き出した。レストランの最上の一角に、特設会場が準備されたようだった。舞台には、いったいどこからやって来たのか、緑色のロングドレスを着た綺麗どころの歌い手の姿があった。飲んで歌っての賑々しい食事会がはじまる。軍の幹部とは大層な身分なんだろうな、とあきれ果てて眺めていると、そこにスハルト大統領の次男バンバン氏の姿があるのに気づいた。実業家であるはずの彼がどういった理由のもとに軍人と行動を共にしているのか。白昼の大層などんちゃん騒ぎが、厳しい訓練の息抜きという大目の見方も可能だろうが……やはり胸糞悪い気分になるのを抑えるのはむずかしく、不機嫌にその場を去った。

フェリーボートの周りでうろつく連中は、軍服の上着を脱いで上半身裸になり、ゆうゆうとくつろぎはじめていた。桟橋の上で大の字になりサングラスをかけ日光浴をしている者もいる。これほどまでにリラックスした軍服姿の男らを目にする機会は、そうそうありそうにもないことを考えると、興味深い光景を目にできたのだと幸運に思ってもよいのかもしれなかった。

午後の二時を過ぎた頃、連中はようやく軍人らしいきびきびとした手際の良さを披露して、素早く帰り支度をはじめた。幹部らしき男らは四時間あまりの食事会を終え、ゴルフ場を目指して歩き出した。桟橋近くの男らは順々に素早くフェリーボートに乗り込んだ。鼠《ねずみ》色のフェリーボートは波しぶきを上げ水平線の向こうに去っていった。濃緑色のヘリコプターは青い空の彼方に消えていった。

豊かな土地に恵まれ、資源大国でもあるはずのインドネシアの普通の人々が、なぜに貧困にあえいでいるのか。それは長い間の不思議であったが、こういったところに原因があるのかもしれないと思わせるそんな一幕だった。


あの日から一年六ヵ月あまりが経過した。

一九九八年の五月は、インドネシアにとって歴史的な月になった。

タイ通貨の暴落をきっかけに、不況の波がインドネシアにも訪れる。経済危機を早急に乗り切ろうとやっきになった政府は、ガソリン代や電気料金に代表される公共料金の大幅値上げを、国民の理解も得られぬままに即座に決行してしまった。このインドネシア政府の事態に対する対応は、結果的に、より深刻な事態の悪化を招くことになる。首都ジャカルタを中心とするインドネシア各地で抗議デモや暴動が勃発し、市内各地が急速にのっぴきならない状態に陥ってしまったのだ。三十二年間もの間政権を維持し続けてきたスハルト大統領を、公然と批判し退陣を求める活動も各地で起こりはじめていた。市内に緊張がみなぎり、できるだけ外出業務を避けるようにとの注意勧告が日系企業の各社でも出されるようになった。

やがて治安部隊の発砲による学生の死亡という事件を発端に、インドネシア政府に対する抗議行動とスハルト大統領の退陣を要求するデモ活動は一気に激しさを増した。暴徒化した一部の市民は破壊行為へと走り出した。

あそこの地域は危険だの、向こうの道路は封鎖されただの、さまざまな情報や噂が飛び交い、仕事どころの騒ぎではなくなってしまった。事態の成り行きを見守るべく、テレビのニュース番組やラジオからの最新情報に注意を傾けながらの社内業務が続いた。

そして、五月十四日の午前。

社内がやにわに騒然とし、いよいよ本格的な暴動がはじまったとの情報が流れた。暴徒化した数千人の群集が、投石、破壊、略奪行為を繰り広げ、放火を開始したという。暴動の中心地は、市内北部コタ地区の中国系商店街だという。メディアから流れる記者の声は、平静を失って、さかんに緊急事態を報じているというのに、周囲の社内従業員の表情は、どれもいたって穏やかで和やかで、実に落ち着いている。中には嬉しさを噛み殺しているふうに見える者もいる。国家の混乱を憂う様子はどこにもなく、事態の悪化を待ち望んでいたかのようでもある。工務課長のジョニーはあからさまに喜びをあらわにして私に叫んだ。

「屋上に上がって事態を眺めましょう。いっしょに屋上へ上がりましょう！」

このビルに屋上階があったのかと驚きながらも、ジョニーと一緒に席を立って階段を駆け上がった。初めて上がってみた屋上には、すでに多くの社内の従業員が火事場の野次馬のごとく、市の北の方に視線をやりながら喚声を上げていた。なるほど、確かに市内北方のあちこちで、真っ黒な煙がもくもくと立ちのぼっている。まさに焼きあがりの真っ最中といった趣で、弾け飛ぶ火花をあたりにまき散らしているビルもあった。その様子を自分の目で認めたジョニーは、さも嬉しそうに私の方を振り向いて訊いた。

「どうだい、この有様は？　どうだい、この状況に対する感想は？」

私はジョニーのこの質問の意味するところが、すぐには理解できなかった。

「感想？　感想って言われたって……」

「この事態を歓迎するかいってことだよ――」

ジョニーは真剣な眼差しで私を見つめた。

「……何とも言えないね。わからないね、むずかしい問題だね」

このあいまい至極な私の口上は、ジョニーにとって、ずいぶん気にくわない返答のようだった。

ジョニーは唇の左端をつり上げ、フフンと鼻で息を吐き、無言で首を振って、私から視線をそらした。

事態をより間近で眺めたいといった様子のジョニーは、屋上の塀に向かって歩き出したが、はたと何かを思い出したように踵《きびす》を返し、また私の方へ寄って来た。

「まったく馬鹿ばかしいことさ。くだらねえったらありゃしない――」

ジョニーは腹立たしげに叫んだ。

一人また一人と、見慣れたいくつもの顔が私の前を横切るのに続いて、ジョニーもまた開けっ放しにした搭屋の出入口を抜け、階段を降りて行った。

国の一大事に違いないこの情況が、彼らにとっては、出来栄えのよくない白けた芝居ように見えているのかもしれなかった。黒煙立ち込める街の様子に対して、今ひとつ胸に迫ってくるものが見つからないという心情は私にも確かにあった。周囲があまりにも暢気なせいか、平和ボケした私自身の問題なのか。まるで三流映画の撮影現場に、退屈しながら仕方なく立ち合っているような、そんな物憂い感情以外には何もないのである。自分自身の存在がしょせん無力な傍観者だとわかり切っているからそう感じてしまうのか。それとも、この先この国がどうなってしまおうと、しょせん自分には関係のないことなのだと冷め切っているせいなのか、自分でもよくわからなかった。そのような自問に意識をゆだねながら、私もまた塔屋の出入口を跨いで階段を降りた。すでに人気の引いた薄暗い内階段には異様な静けさが漂っていた。

「当分様子見だな、仕事にならないな。しっかり戸締りをして当分休業にしよう。すぐに戸締りにかからせて社員を全員帰すことにしよう」

社長のS氏が諦め口調で決断を下した。

ジャカルタ中央部の会社から市内南部にある宿舎までの道のりは暴徒を避けながらの走行を強い

られたが、危険な事態に巻き込まれることは幸いにもなかった。たまたまジャカルタ郊外での業務に就いていたB氏が、缶詰類などの保存食を多量に買い込んで帰って来てくれたおかげで、当面の外出禁止令にも耐えうる手はずはついた。

宿舎にこもりっきりで事態を見守り続けた三日後の五月十七日、日本国外務省から発出される海外危険情報の危険度が、危険度四「家族等退避勧告」の域に達すると、事態の沈静化は当分ありえないとの見解が下され、各国各社ともわずかな留守番担当を残し、安全を優先して家族ともども緊急出国する風潮が一気に高まった。十七日から二十一日の間に、日本航空及び全日空の臨時便並びに政府チャーター便で緊急出国した在留邦人の数は、約九〇〇〇人にものぼったという。

そんな状況の中で私は、業務に関わる緊急事態に備え、現地での留守番担当に当たることになった。これはある意味においては、至極幸運なことのように思えた。なぜなら、こういった事態に立ち会える機会は、生涯そうそうあるものではないのだから。だがしかし、この混乱の場に現地に残り、それを観察する機会を得たにもかかわらず、私は自分自身の目で見た事態の経過をここに書き記すことは、何一つできない。それというのも、本社から厳しい外出禁止令が出され、ホテルの一室での待機を余儀なくされたからである。興味本位で街中へ繰り出し、運悪く傷害でも受けてしまおうものなら、それこそ会社に対して多大な迷惑をかけてしまうのは明らかであるし、一企業の勤め人である以上、自分勝手な判断での軽率な行動は決して許されるべきものではないのである。

中学生の頃、偶然見たドキュメンタリー番組に感動して、しばらく報道カメラマンに憧れていた時期がある。ベトナム戦争時の激戦地を、命がけで取材する報道カメラマンの姿をとらえた番組であった。無数の砲弾飛び交う戦場――画面に漂う緊張感は相当なものだった。今思うと、単なる子どもっぽい憧憬に過ぎないのだけれども、そこには魅了されてやまない世界があるように思えた。私は、ここジャカルタの暴徒化した群衆にまぎれ込んで、その様子を詳細に取材する自分の姿を想像し、ぜひこの機会を逃したくないものだと願望したが、やはりできなかった。

私はひたすら上司の業務命令に従って、そこからわずかにも踏み出すことがついにできなかった。

ホテル内のフィットネスクラブはすぐに飽きてしまった。読むべき書物は手許に一冊もなく、寝て、起きて、食って、つけっぱなしのテレビを見る。そしてときおり天井を眺めながら、何かを考える。そして先日、街中で配られていたチラシの内容に、ちらちらと思考をめぐらしてみる。そのチラシには、こういう見出しが極太の文字で強調されていた。

恐るべき大富豪スハルト大統領――。

スハルト退陣を求める活動家が、国民の感情を煽《あお》るために貢ぎ出した皮肉たっぷりの台詞ということもできるだろう。だがしかし、この一文は、スハルト大統領を辞任に追い込んだもっとも強力な核弾頭であったといえるのかもしれない。

一九九八年五月二十一日、インドネシア大統領スハルトは、国民に向けたテレビ演説で、ついに辞任を表明した。

映像を通して辞任演説をするスハルト大統領の様子は、見違えるほど精彩がなく、まるで絶望に打ちひしがれた落伍者のようであった。

ジャワ島中部に貧農の子として生まれたスハルト前大統領。彼の名「スハルト」は姓名合わせたもので、多くの貧しいインドネシア人とっては、ごく普通なことのようである。

「農（編集部改竄）民に生まれて職業軍人となり、その道を地道に歩んできたスハルトには、権力への渇望も熱狂的なイデオロギーもなく、その野望によって国家の最高指導者の地位を得たのでもない。地道に、着実に歩んできた結果が、歴史的な偶然に作用しただけなのだ」

スイス有力新聞のインドネシア特派員として、一九五九年以来インドネシアに滞在してきたオー＝ジー＝レーダー氏は、スハルトの政権獲得に、そのような見解を示している。

しかし、スハルトの政権獲得がいかに偶然の作用が大だったとしても、そこには必然的な何かもきっとあったはずである。

オー＝ジー＝レーダー氏はまた、その著書の中の序文で、スハルト大統領と初めて面会したときの様子を以下のように紹介している。

†

部屋の片側の水槽には、いかにも南洋的な魚が泳いでいた。ジャカルタ市モントン町第八チュンダナ通りの家は、小さな噴水から涼と平穏とを呼び込んでいた。一歩足を踏み入れた私の視線は、剥製の二頭のガマガエルの大きなギョロリとした目から、勇壮なスマトラの虎の、空ろな眼球へと走った。

インドネシア共和国大統領、陸軍大将スハルトが入室したとき、オランダ製時計が七時を打った。黒髪を波打たせ、褐色の瞳を光らせた将軍は清楚な民服を着用していた。あらゆる感情を覆い隠し、外交官連を煙に巻く、独特の微笑をもって、将軍は客に着座を請うた。芳香あるジャワ茶が供され、将軍は葉巻に火をつけた。

隣室からは、スハルトの子どもたちの弾んだ声が聞こえた。外には衛兵が声を抑えて冗談を言い合っていた。遠くには、街頭のうどん売りの車の音があった。それがすべてであった。これ以外には物音一つなく、主人からは話を切り出す何の兆候も感取できなかった。

私は喉を清め、一瞬躊躇ったのち、来訪の意図を伝えた。人口一億一千万を超える国の元首の伝記を、全世界にとって事実上未知の大統領である人の伝記を書きたいという希望を説明した。きっかけをつかむため、私は、最近ある雑誌にスハルトの誕生日を誤って掲載した非を詫びた。このとき、大統領秘書スチクノ中佐が私に助け舟を出してくれた。その咎はインドネシア政府刊行物に帰せしむべきである旨説明してくれたのである。毎年二月二十日に外国大使館や国内の友人から贈られる誕生祝いの花束に、スハルト夫人が驚いていることも挙げた。

スハルト大統領は、茶をすすり、葉巻を堪能しながら、終始微笑みを絶やさなかった。誕生日の間違いを楽しんでいるかのようでもあった。陸軍に入隊するのに、生まれた日を早めざるを得ないことだってある、と将軍は、いとも簡単に言ってのけた。

将軍は、私の提案に対する態度を決めた。しかし、答えは明確な「イエス」でも「ノー」でもなかった。厳しく戒められたのは、伝記が、個人崇拝を誘発するものであってはならないということである。これに言及する口調は、緩慢ではあったが確固たるものであり、曖昧さと偽りの謙譲は微塵もなかった――。

オー＝ジー＝レーダー氏は、この著書を、スハルトの人柄に注視して書き進めている。完成したその著書のタイトルは、『笑みを浮かべた将軍』として上梓された。

†

スハルトの失脚と同時に、インドネシアの報道界も、長年の抑圧から解放され、スハルト前大統領をとりまく裏の部分を、競い合うようにして書き立てはじめた。そのほとんどは、不正蓄財にからむものばかりである。これまでの無茶苦茶ぶりを暴露されたスハルトの立場は、インドネシア経済発展の偉大なる父として崇敬される対象から、国を経済危機に落としこめた張本人として、憎悪の対象とされるまでに転落した。

米国の雑誌『フォーブス』は、スハルト・ファミリーの総資産額を四〇〇億ドルと報道している。四〇〇億ドルといえば、一ドルを一二〇円の為替レートで換算すると、四兆八〇〇〇億円。これは一九九八年度におけるインドネシア国家予算のなんと二・五倍にものぼる金額である。

フィリピンのマルコス政権が崩壊したとき（一九八六年二月）、マルコスの蓄財額は一〇〇億ドルだったと言われたことからすると、スハルト・ファミリーの蓄財額は、人類の歴史上過去最大だと言っていいのかもしれない。

そしてその蓄財のほとんどが、不正によるものだったとするならば、スハルト前大統領という人物は、いったいどういう人間であったのだろうか。

ある日私は、ジャカルタのチュンダナ通りにあるスハルト私邸の前を車でゆっくりとした速度で横切ってみた。銃をかまえた警備隊らが、今でも厳戒体制をとっている。すでに高齢で、体力の衰えも噂される現在のスハルトは、ここの自宅からほとんど外出することもなくなったという。

自宅前の通りから見るスハルト私邸の印象は、周辺の邸宅と比べても、とりわけ豪華だというわけでもなく、巨大だというわけでもなく、きわだって目につくほどのたたずまいでもない。

これが、世界長者番付第六位（一九九七年六月――米国の雑誌『フォーブス』の発表による記事より）であるというスハルト前大統領の、それほどの邸宅だとも思えない大邸宅なのであろうか。

スハルト前大統領のよく見えない輪郭は、この意外にも質素な邸宅を前にして、ますます袋小路にはまり込んでゆくように思えた。

もうほとんどマスコミにはその姿を見せなくなったスハルトであるが、現地の雑誌や新聞紙上に、きわめてフォーカス的に撮られた写真が、ときおり掲載されることが今でもときおりある。

そこにはもうあのオー＝ジー＝レーダー氏が彼を表現したところの『笑みを浮かべた将軍』の風格は微塵にもない。

そして私は、忘れかけたときにふとメディアを通してのみ目にする程度になった、スハルト前大統領の空虚な姿をそこに見つけるたびに、こう問いかけて同情したくなる思いにかられる。

「なんて可哀想そうに、気の毒に、みんなの食い物にされちまって——」

スハルトの腐敗体質を形容するのに、ＫＫＮというのがある。ＫＫＮとは、**Korupsi**（汚職）・**Kolusi**（癒着）・**Nepotisme**（縁故主義）の頭文字である。

これは、明らかにされたスハルトの不正行為を厳しく非難する台詞として使われるようになったのであるが、実はインドネシア社会全体に当てはまる、実に厄介な体質である。

それがわかっていてもその体質から容易に抜け出せないのがインドネシアであり、それを拒否して生きられないのがこの国の特徴である。他人の目や耳のない場所を探すのはむずかしいと言われるジャワの村落社会において、身内や知人を無視して生きるのは、死を意味するほどの行為と言っても、言い過ぎではないようなのである。

この国にもまた、友人や知人から相談事を持ちかけられると、断りきれないという型の人間がいる。いわゆる人の良過ぎる実直な質の人間である。スハルトもそういうタイプの人間ではなかったろうか。そして、その人柄がジャワ社会に根強い慣習法とあいなったとき、実にやっかいな問題が持ち上がる。

たとえば、こうである。

わが社の従業員ヨハネスは、長年の地道な努力が実って、現場の責任者として一現場の管理をまかせられるまでに成長した。ためしに、いくつかの工事物件をまかせてみると、実にしっかりと最後までやり通してくれる。安心そして信頼し、そのままずっとまかし続けていると、どういうわけだが雲行きがおかしくなり、やがて奇妙な現象が起こりはじめる。

いくつもの業務上の困難を乗り越え、多くの経験を積み重ねた結果、ますます良い業績を残してくれるだろうと期待されるのだが、結果はなかなかそううまい具合には落ち着かないのである。本人の業務態度が慣れに安住し堕落したわけではない。彼の下に従事する部下や労働者の能力が甚だしく低下したことが大きな原因である。

ヨハネスは他人に頼られるほどの力をつけたことで、かえって業務上の実績が上げられなくなってしまったのである。彼もまた、面倒見のいい親分肌の男である。何の力にもなりえないような友人や知人が彼の成功を頼って訪ねて来るたびに、ヨハネスは、自分の現場の一員として無能な彼らを気前よく雇ってしまうのである。右を向いても左を向いても、友人知人だらけで、まったくその能力を考慮せずに採用を押し進めていった結果がどうなるかは記すまでもないことだろう。

ある日私は、とうとう我慢できずに、彼を呼びつけて叱責した。

「おい、おまえさん。これまでは黙って容認してきたけれど、もうそろそろいい加減にしてくれよな！　いくらなんでも、もうそろそろやめにしてくれよな！　ちょっと目を離すと、仕事そっちのけでカード賭博ばかりやっていて、一度なんか現場の資材を勝手に持ち出し売り飛ばしてしまった連中らを雇ってくれるのは——」

ヨハネスは、私の言わんとするところを充分に理解はしてくれた。だがしかし、いくらそれが良くないことだとわかっていても、彼にとってはとても聞き入れられない相談だという風情である。彼の担当する現場は、竣工後も問題だらけのクレームの多い現場ばかりになってしまった。彼の周辺に存在する性質の悪い連中らが、悪質な病原菌のごとく屈強にはびこって、現場の品質・利益を蝕《むしば》み、のっぴきならない瀕死の状態までに組織が堕落してしまったのである。このようなマイナス的な身内の相互扶助の原理は、この国のあらゆる組織に浸透していて、発展の大きな支障になっている。身内優先の体質は何もスハルト・ファミリーに限ったことではなく、インドネシア全体の一つの特徴に過ぎないのである。

「いったいオレ様にどうしろっていうんだい……、オレの友人や親戚は、オレだけを頼って田舎から出てきた貧しい連中ばかりで、オレが世話してやらなければ、明日にでも死んでしまいかねない奴らばかりなんだからよ――」

いつになく反抗的なヨハネスの態度に身じろいで、私はその後の言葉をうまく紡いでゆくことができなかった。

ヨハネスは、社内での評価を際限もなく下げ続けて、ついには自ら退社してしまった。

このような例、いわゆる会社内部の人事を現地人まかせにしていると、社内の人間がたちまち親類友人の身内だらけになってしまうという構図は、インドネシア社会の面白い一面であると同時に、もっとも特徴的な慣習でもある。

これは、スハルトの陥った政治的失敗にも照らし合わせて考えることが可能に思える。しかもスハルトは、その傾向がインドネシアでも、もっとも顕著なジャワの村落社会に生まれた人物である。では、スハルト本人自身は、いったいどういった性質の人物であったのか。

実際に入手可能な記述をどれだけ集めてみても、スハルト自身の行動に、富の亡者たる現実を認めるのは非常に困難な作業である。唖然とさせられるばかりの放蕩や傍若無人ぶりをほしいままにしているのは、妻や息子や娘らを含めた親類縁者、知人に友人、そして彼を取り巻く連中ばかりである。事実、当のスハルト自身は、釣りや狩りやゴルフを多少楽しむ程度の大した遊びも知らない無欲な権力者だったといえなくもない。

スハルトの妻ティエンは、二十七歳になっても独身でいたスハルトを心配した養母が、世話してくれた女性だという。夫人との仲は睦まじく、夫人以外の女性とのロマンスは過去に一度もなく、どんなに執拗な記者が調べ上げてみても、少なくともこれだけは、誰にも暴くことができない事実だという。革命の偉大なる指導者と称されたスカルノがそうであったように、ややもすると多くの権力者が堕落のはじまりとして夢中になり出す「女遊び」という浅薄な趣味に走ることも、スハルトに限ってはなかったようである。

昔の自分のような貧しい境遇の人々の同情者として国づくりをはじめたというスハルト前大統領。そんな彼の思いに偽りはなかったはずである。スハルトを取り巻くおびただしい数にのぼる親類縁者や友人知人。ヨハネスの周辺にはびこっていたような縁者だという特権を笠に着て、人情に訴え、エコ贔屓《ひいき》に与かろうとする無能で救いがたい連中。スハルトの場合も、ジャワの村落社会における「相互扶助」の精神が、悪い面に作用した典型的な例ではなかったのだろうか。

スハルトもまた、本人の意図とはかけ離れたところで、親族をはじめとする縁者から食い物にされた、可哀想な犠牲者なのだと感受されてならないのである。

ここに、ヘミッシュ＝マクドナルド著『スハルトのインドネシア』の中の記述を、かかげてみることにしよう。

†

スハルト自身は、控え目で質素な人だった。彼はジャワ流の談合の過程を熟知しており、感情や意見の相違をあからさまに表に出すことを嫌った。だいぶあとになって、彼は指導者の心構えについて詳しく述べることになるが、その輪郭は一九四九年までにできあがっていたようだ。しかし、非ジャワ的なものの影響はほとんどうかがえない。

彼は、富をもたぬ豊かさ、軍隊なき戦い、敗者なき勝利、失うことなき施し、という基本的な四つの目標をかかげ、次のような心構えを述べている。

指導者は忍耐強く、思いやりがあり、信心深くなければならない。そして、（賢明で、正義にのっとり、（公平な）王と、（先見の明があり、慎重な）予言者、それに（気取らず、正直で、率直で、几帳面な）農（編集部改竄）民の徳性をあわせもたなければならない。
指導者はすぐに興奮したり、動揺したり、権力を鼻にかけるようであってはならない。
指導者はまた、ネズミジカのようにずる賢く、象のように高慢であってはならず、毒ヘビのようにうまく敵を倒せるなどと思いあがってはならない。
指導者は、友人よりも徳を求め、宗教上の教えを守り、献身的でみずからを正さなければならない。

……

スハルトの庇護のスタイルは、インドネシア陸軍指導者の典型である。司令官はまるで親のように、物質、精神両面で部隊のめんどうをみる。一度信頼関係ができると、外部の者がいくら批判しても、その信頼をうち壊すことはむずかしい。

相互の忠誠と助け合いは、直接のつながりがなくなったあとも長く続く。たとえば、スハルトが出世するにつれて、その信頼する仲間たちも、時には能力とはかかわりなく昇進していく、という具合にである。

自分の部下の幸福こそは、スハルトの第一関心事である。一九五〇年に、スハルトは退役した部下たちに仕事を与えるため、ジョグジャカルタに軍の車両を使う運輸会社を設立し、師団長のガトット＝スブロト大佐から注意を受けた。中部ジャワのディポヌゴロ師団長時代には、慈善と金づくりを兼ねる奇妙な財団をつくってふところを肥やし、これがもとで左遷されることになった。

†

いずれにしろ、三十二年間続いたスハルト政権は、ついに終焉した。

権力の集中は腐敗する、という常套《じょうとう》句は過去の歴史で証明された議論の余地もない真理といえるのかもしれない。

国の悲劇は確かにすぐそこで起こっている。

民衆の破壊行為は依然として続いているとの情報は、ホテルの一室に閉じこもっていても、テレビによる報道を通して正確に知ることができた。だがしかし、実感めいたものは今ひとつ伝わってこない。警備の行き届いたホテルの一室にいては、何一つ実感を伴ったものとしての状況が見えてこないのである。

厳戒体制が敷かれ、死んだように静まり返ったケラマット・ラヤ通りを、ホテルの一一階の部屋の窓からぼんやりと眺め続ける。退屈まぎれのそれは、すでに毎夕の日課のようになっている。昨日と変わらない今日の光景が、またこの日も眼下にある。交差点の近くには二台の装甲車が配備され、十数人の国軍の兵士が銃をたずさえて警戒に当たっている。この治安部隊の兵士の中には、ひょっとすると、あのビラ島で見かけた男もいるのかもわからなかった。

この国の混迷は、あと十年も二十年も、ひょっとすると五十年も一〇〇年も続くのではないだろうか。そういう予測を払拭する手立ては、この国には何もないように思えるのだった。

インドネシア出国

一九九七年七月末、休暇で三年ぶりに日本へ一時帰国したことがあった。夏の盛りである。久し振りに見た東京の街の印象は身震いするほどに強烈だった。私の記憶する日本には、携帯電話を持ち歩く若者も、制服のスカートの丈をミニスカートのように縮めて着用する女子高生も存在しなかったからだ。ルーズソックスなるものを目にしたのもその時が最初だった。三年程度の年月で、街の様子までは変わりようもないが、それでも、そこを闊歩する日本人、とりわけ若者の姿はずいぶん進化して見えたものだ。少々大袈裟に表現することが許されるのであれば、あれがまさに浦島太郎の心境というものではないだろうか。

ずっと音信不通だった高校時代の仲間と集まった夜は愉快だった。当時人気絶頂だった安室奈美恵を知らずに馬鹿にされたのも、今では懐かしい思い出の一つである。

努めてそうしたわけでもないが、日本国内の現状には相当疎くなっているのは実感できた。

そろそろ日本に戻るべきだといつからともなく思うようになっていた。この国に長く滞在する日本人ビジネスマンに見受けられる悪い兆候が自分にも現れていたからだ。あれほど嫌悪していた日本人特有の傲慢さ。王様気取りで怒鳴り散らし何でも強引に自分の思い通りにしようとする。欧米人の前ではずいぶん縮こまっているくせに、なぜだか相手がアジア人だと容易にそれができるようになる。私もまた無意識のうちに、現地人を理不尽に罵倒《ばとう》したり、裏金で人を操ったり、そんなことを平気でできるような人間になっていた。日本の経済力の恩恵を、運良く受けているだけに過ぎないのに……。

スハルト失脚にはじまった不況が原因で、赴任当初一八〇人いた社内の現地従業員もわずか五〇人になっていた。日本人スタッフの削減も、おのずと決行されることになった。帰任の人員整理に率先して名乗りを上げるのに何の迷いもなかった。

インドネシアでの最後の私の担当現場は、ジャカルタ東部チカンペック地区にある工場物件の現場であった。

工事もなんとか無事に終了し、あとは敷地内の仮設事務所と倉庫を撤去するのみとなったその日、どういうわけだか現場責任者のアデックが、午前の十時を過ぎても現場に姿を見せなかった。

事務所内の備品類や倉庫内の工作機械類を運び出すために手配していたトラックや日雇いは、約束通り朝の八時前にはやって来て、今すぐにでも仕事がはじめられる状態で待機していた。

仕事開始の時間を午後まで待ち越すわけにもゆかず、下請業者の親方スラマットに現場での指示係を代行してくれるよう依頼して、荷出しの作業にとりかからせた。と、三十分と経たぬうちに、スラマットが事務所に舞い戻って来て、私に告げた。先週まで確かに倉庫内に保管されていたはずの工作機械・工具類、そして残資材の多くがそこからなくなっているのだ、と。敷地の周りには、途切れる箇所なく鉄条網の塀が張りめぐらされ、過去に盗難の被害に遭ったことは一度たりともない。しかも敷地の出入口には二十四時間体制で警備員が常駐しており、彼らは日中夜間を問わず敷地周辺の巡回警備にあたっている。

私は、そこにあったはずの溶接機や工具箱やパイプ類が、その残像をコンクリート床の汚れ具合の強弱に残しながらごっそりなくなっている事実を前にして、アデックの無断欠勤との関係に思考をめぐらしていた。

扉の鍵が壊されているわけでもない。警備員からのそれらしき報告も一切ない。これほど見事に金目の物をすべて持ち出せる人物は、やはりどう考えても、アデック以外にはいそうにもなかった。入社十二年目のアデックは、色黒の小柄な男である。仕事の経験年数からすると、その技量ははなはだ淋しい限りであるが、言いつけられた仕事はまじめにこなす、使い勝手のいい社員のひとりではあった。私の最後の現場の責任者として指名したのも、彼のまじめさを私が買っていたからである。事実、現場の最終工程の忙しさも、持ち前のまじめさで乗り切ってくれてもいたのである。

手配していた三台の四トントラックのうちの一台は、載せる積荷が何もないままに金だけを払って引き払ってもらった。盗難の被害状況を警備本部に報告すると、担当者は怪訝そうに私に尋ねた。

「御社のアデックさんが、正式な手続きを経て、土曜日の午後に持ち出したのですが……報告を受けていないのですか……」

車両の出入記録によると、アデックはまったく堂々と土曜日の午後四時三十分に、会社の財産であるべき四トントラック一台分の物を、無断で持ち出していたのである。手口のあまりの策のなさに、私は唖然とし、何かの思い違いかもしれないと被害届を取り下げることにした。よくよく考えてみると、ありそうにもない話だと思えなくもなかった。

こんな見え透いた手法で悪事を働くほど彼は、愚鈍なやつだとも、大胆な悪党だとも思えなかったからである。

私はただちに事務所に戻って会社へ電話を入れてみることにした。ひょっとすると彼は、予定の仕事が早目に片づいた結果、先走って荷出しの仕事まで、勢いよく終わらしてしまったのかもしれないと考えたからだ。だとすれば、その報告は会社になされているのかもしれないし、例の物やらも、すでに会社の一階の倉庫に納められている可能性だってなくはないのである。だがしかし、やはりそういう事実はないと知った。

その後二週間が経っても、彼は会社にいまだ何の連絡もなしに、姿を見せていなかった。

私はあのアデックの大胆な振る舞いがどうしても理解できずに、もんもんとした日々を過ごしていた。

私がインドネシアでの業務を終えて、近々本帰国するのは彼も知っていた。彼のこのような行為が、私に対するお別れの挨拶というのなら、あまりにも悲し過ぎるように思えた。

しかるべき場所へ被害届を提出し、早急にとっ捕まえてもらおうという会社の意向を制止して、私は彼を見つかるまで捜してみようと試みはじめた。

アデックの住処を見つけ出すのは、三日とかからなかった。しかし、その日の午後、彼の姿はあいにくそこになかった。近所の人らに尋ね歩いて面会することができた彼の妻は、アデックに似合わず堂々とした体格の女性だった。

ここ数週間もの間、会社に姿を見せないアデックを心配してやって来たのだと遠まわしな説明をして彼の居所を尋ねると、彼女は驚いたように眼を丸くして、自分の旦那は不景気から会社を解雇になったと言って毎朝早くから夕方近くまで新しい就職口を探し歩いているのだと答える。物珍しさと好奇心から母親の後ろで私を見上げてにこにこしているアデックの娘らしき四歳くらいの幼女の姿を認めた私は、自分の名前を手帳に書いて引きちぎり、明日にでも連絡が欲しいのだ、とだけ告げて、その場を離れることにした。彼の妻は、自分の夫はもうすぐ帰ってくるかもわからないので家に上がってお茶でも召し上がって待っていてくれ、と恭《うやうや》しく提案したが、私はすぐにでも仕事に戻らなくてはならないのだという理由をこしらえて、その場を退散した。

アデックの電話は、私の携帯電話に翌朝の午前中に早速あった。

「ハロー・ボス!」

ボスのところを強く発音するのは、お調子者としての彼の性格から生ずるものである。

しかし、いつもの親近感をその声色に感じるのは無理というものだった。

「ボス、わざわざ家まで訪ねて来てくれたというじゃないか――」

アデックはさも元気そうに普通を装って言い放った。彼の声がやたらと平静なのに腹が立って、煮えたぎるものが一気に湧き起こるのを感じた。

「てめえーというやつは、いったい自分が何をしでかしたか、よくわかってやってんだろうなー……」

受話器の向こうのアデックは無言だった。

「……最後の最後になって、ずいぶん失望させてくれるじゃないか――」

アデックが小馬鹿にしたような息を吐くのを感じた。

「オレ様の身にもなってくれよな……おまえさんは、日本へ帰っても即座に仕事にありつけるんだろうがよー。オレ様はいくら頑張って仕事に精を出したって、そのうち首ちょんになって放り捨てられてしまう身分なんだからよ……」

アデックは、自分もまたリストラの対象になっていることを知っていたのかもしれない。

アデックは開き直ったように、しかし力強い口調で続けた。

「おまえさんも、この国に七年近くもいたんだからよー、オレらの国のひどさ加減はよく知っているだろう。国の元首が、平気でふざけたことをする国なのさ。役所の連中だって、警察だって、うちの会社の幹部連中だって、みんなやってるじゃないか……。オレ様だけ真面目に仕事して、馬鹿みたいに貧しく生き続けろとでも言うのかい……」

彼の言わんとするところは、理解できなくもなかった。だが、だからといって、彼の行為が許されるものだとも思えなかった。私は受話器を置く前に、「気をあらためて、きちんと清算してくれるよう期待している」とだけ付け加えた。

だがしかし、やはりアデックは、その後私の前に姿を見せることは二度となかった。

二週間後、人事の担当者から、彼を職場放棄という名目にて解雇扱い致します、との報告があった。

日本への帰任が決定した後の、最後の一ヵ月はめまぐるしく時間が過ぎていった。

荷物の処分をはじめ、持ち帰りたい欲しい物を購入する。数年前に給与の振り込み先を金利〇パーセントの東京三菱銀行から現地のローカル銀行に移しただけで、インドネシアルピアの貯金がびっくりするほどにふくらんでいた。預金金利が年率五八パーセントなどという時期があったりするのは、日本にいてはとても信じられないことだろう。しかも、その利息を月締めで入金してくれるのである。こういった金融的なシステムも、この国はとことん貧乏人に不利にできている。金持ちが果てしなく金持ちになり、貧乏人がいつまでも貧乏なままで一生を終える。

現地で稼いだ金は現地還元だ！　などとうそぶき馬鹿げた行為にあけくれた。物乞いの少女に相場の千倍以上の金を恵んでやって、その驚いた顔を見て喜んだりするようになったのは、傲慢さに堕落した証拠の一つに違いないのかもしれなかった。

帰国が一週間先に迫ったその晩、数年ぶりにガトット・スブロット通りにあるインドネシア料理のレストランで、親しい仲間らと夕食を取った。赴任直後にも来たことのある店で、食事をしながらインドネシアの伝統舞踊を楽しむことができるレストランである。二時間ごとに閉店まで繰り返される舞踏の合間の空き時間には、舞台で生バンドの演奏が行われる。

「まったく客が日本人だと知れば、いつもこればかりだもんな！」

円卓の私の左隣に腰かけているKがあきれたようにつぶやいた。

「言われてみると、初めてこの店を訪れたあの晩にも、この『昴《すばる》』の曲を聴いた覚えがあるなあ……」

と私がしみじみと答えると、Kは調子づいたように言った。

「まったく進歩のない国だよな！　いい加減にしてほしいよな……」

Kは蔑《さげす》むような薄笑いを舞台に返していた。

私はあいまいに相槌を打ちながら舞台に目をやり、この七年近くの間で自分の精神的傾向や価値観が明らかに変わったことを感じていた。だがしかし、それが自分にとって良いことなのか、良くないことなのかはよくわからなかった。

食事がすむと、ブロックMのカラオケにでも行こうかと仲間から誘われたが、また今度にしようと曖昧な断り方をした。宿舎へ戻る途中で日頃からひいきにしていた近所のスーパーマーケットへ寄った。残り一週間分のビンタン・ビールを購入するためであった。買い物をすませ、スーパーの外へ出ると、しばらくぶりに娘に会った。

娘は私の姿を見つけると、またいつものようにしつこいくらいにまとわりついてきた。私はこれまで通りにポケットから小銭を取り出し、彼女の薄汚れた掌《てのひら》にのせた。

私の腰あたりの背丈しかなかった娘も、服の胸元を軽く膨らませる程度の年頃になっている。だがしかし、それでも娘は依然として物乞いのままだった。

娘と口をきいてみる機会も二度とないような気がして立ち止まり、お別れの挨拶だけでもしておこうという気を起こしたが、小銭を受け取った娘は私の前から即座に退いて、店の出入口に舞い戻ってしまった。娘は、以前にもまして小銭をせびり取るのに必死なのだ。


帰国の便に選んだのは東京への直行便ではなく、バンコック経由の便にしてもらった。日本への到着をできるだけ遅らせたい気分だったからだ。

帰国の機上の小窓から見下ろすジャワ島西海岸の光景は何一つ変わりなく、灰色に湿っぽく、どんよりと煙っていた。

遠ざかってゆく景色に感傷的な気分になりながらも、自分で自分を罵倒する。

「馬鹿ばかしいったらありゃしない、センチな少女でもあるまいし――」

どこかでいつも冷めているのが美徳だと信じているのかもしれない。

ふいに脳裏を横切るのは、あれほど通いつめたバリの海岸線でもなければ、メナドの夕日でもなく、ましてアンボン島の絶景でもないし、イリアンのジャングルでもなかった。

私にしたたかなボディブローを食らわせたあのでぶっちょ警官、私の脇腹にナイフを突きつけたあの強盗野郎、身も心もさんざんに疲弊させられた勝手気ままなイーダ……。私の前に立ち現れて消えて行った人たち。みんなみんな、いつまでも幸福なやつらでいてほしい、今はただ、そう思えるのが不思議だった。

【参考文献】

『インドネシアのこころ』アリフィン＝ベイ著、奥源造訳、文遊社、1975年
『インドネシア群島紀行』チャールズ＝コーン著、藤井留美訳、心交社、1992年
『イスラム教』阿倍治夫、現代書館、1986年
『もっと知りたいインドネシア第2版』綾部恒雄・石井米雄編、弘文堂、1995年
『季刊民族学46号』国立民族学博物館監修　財団法人千里文化財団、1998年
『楽園紀行』小松邦康、自己出版、1992年
『地球の歩き方29バリとインドネシア』地球の歩き方編集室、ダイヤモンド・ビック社、1996年
『インドネシアの事典』石井米雄監修、同朋舎、1991年
『図説人類の進化』デビット＝ランバート著、河合雅雄訳、平凡社、1993年
『続・インドネシア百科』大槻重之、関西電力株式会社購買室燃料部門、1995年
『事典東南アジア――風土・生態・環境』京都大学東南アジア研究センター、弘文堂、1997年
『ジャカルタ路地裏フィールドノート』倉沢愛子、中央公論新社、2001年
『スハルト・ファミリーの蓄財』村井吉敬ほか、コモンズ、1999年
『笑みを浮かべた将軍』オー＝ジー＝レーダー著、加藤英明訳、グヌング・アグング商会、1970年
『スハルトのインドネシア』ヘミッシュ＝マクドナルド著、増子義孝＋北村正之訳、サイマル出版会、1982年
『TAIYO』March15 - April 14 2002 Vol.57

タナバンの陸橋

2004年3月15日　初版第1刷発行

著　者　崎濱 秀光
発行者　瓜谷 綱延
発行所　株式会社 文芸社
　　　　〒160-0022　東京都新宿区新宿1-10-1
　　　　　　　　　　電話　03-5369-3060（編集）
　　　　　　　　　　　　　03-5369-2299（販売）
印刷所　株式会社 フクイン

ISBN4-8355-7178-9 C0095